KB157642

감사로 달라진 45가지 인생 이야기

앱솔루트 땡큐

앱솔루트 땡큐

초판인쇄 2022년 12월 9일
초판발행 2022년 12월 14일

지은이 김명주 외 8인
발행인 조현수
펴낸곳 도서출판 더로드
기획 조용재
마케팅 최관호 최문섭
편집 이승득
디자인 토 닥

주소 경기도 고양시 일산동구 백석2동 1301-2
넥스빌오피스텔 704호
전화 031-925-5366~7
팩스 031-925-5368
이메일 provence70@naver.com
등록번호 제2015-000135호
등록 2015년 6월 18일

ISBN 979-11-6338-339-0 03810

정가 15,800원

파본은 구입처나 본사에서 교환해드립니다.

감사로 달라진
45가지 인생 이야기

앱솔루트

Absolute thank you

땡큐

김성신 · 김명주 · 이자람 · 배민경
이경해 · 이유리 · 홍예원 · 최서연 · 안경희

도서출판 더로드
The Road Books

뭐 하나 제대로 끝내 본 적도 없는 제가 감사 일기를 1000일이나 넘게 적었습니다. 출생부터 환영받지 못했던 제가 타인의 성장을 돕는 리더가 되었습니다. 혼자 책 쓰기도 버거워했던 제가 '작가 친구 100명 만들기'라는 타이틀을 걸고 벌써 비비엠(Book, Binder, Mindmap) 5번째 공저를 작업하고 있습니다. 지금까지 살아온 일이 기적이라는 말밖에 표현할 방법이 없습니다.

그 '기적'을 당연히 받아들이고 살았던 적이 있습니다. 내가 가진 것보다 더 갖고 싶어서 옆 사람에게 손을 내밀지 못했어요. 책을 4년 정도 읽었을 때 '감사'라는 단어가 눈에 들어왔어요. 처음에는 조건적 감사를 했습니다. "~해줬으니까 감사합니다."라고요. 감사 일기 1년 차에는 기록하는 습관에 집중했어요. 매일 꾸준히 쓰기가 어렵더라고요. 1년 중 180일 정도만 겨우 썼어요.

2년 차부터는 감사의 관점을 넓히기 시작했어요. 무조건적 감사를 실천해보기로 했습니다. 내가 원치 않는 상황이 발생해도 더 좋은 일이 생길 거라는 믿음이 생겼어요. 그때부터 감사 일기 속지를 만들어 프로젝트를 시작했습니다. 함께 해주는 분들이 많아지면서 감사 일기 노트를 제작하고, 판매까지 하게 됐답니다. 3년 차부터는 아침, 저녁으로 감사 일기를 쓰는 습관이 90% 정도 완성이 됐어요. 그때부터 감사 메신저 김명주 리더님께 모임을 맡기고 지금까지 〈감사 일기 30일 프로젝트〉를 30기 넘게 이어오고 있답니다.

다양한 모임과 강연을 하면서 수강생의 변화를 지켜봤는데요. 가장 빠른 변화는 실행이 있는 독서였고, 두 번째가 감사 일기 작성이었어요. 이제 우리의 변화를 감사 일기가 아닌 《앱솔루트 땡큐》책에 담아내서, 여러분과 나누고자 합니다. 1장에서는 감사가 우리 삶을 어떻게 바꿨는지 각자의 목소리로 이야기해볼게요. 2장은 감사를 실천하는 방법을 알려드릴게요. 3장은 지금 바로 시작하는 감사에 대해 알아보겠습니다. 4장은 감사 일기를 쓰면서 주변에서 받았던 질문을 담았어요. 5장은 우리의 감사가 여러분에게 전달되기를 바라는 마음을 담아, 하고 싶은 말을 적으면서 마무리했어요.

감사 일기 30일 습관방을 맡아 1년 넘게 섬겨주신 김명주 작가님 감사해요. 마음의 소리를 듣고 모든 일에 정성이 가득한 김성신 작가님 멋져요. 3p바인더 인연으로 만나 비비엠 터줏대감으로 자리 잡은 배민경 작가님과 함께 공저 작업할 수 있어 행복했어요. 차분히 하나씩 해내고야 마는 소리 없이 강한 사람, 안경희 작가님 고마워요. 퇴근 후 무거운 눈을 비비며 공부하고 도전하는 최고의 엄마이자 선생님, 이경해 작가님의 두 번째 출간도 함께 할 수 있어 감사해요. 1인 기업의 세계에 막 입문했지만, 성장의 열정으로 가득찬 이유리 작가님의 첫 책을 함께 작업할 수 있어 고맙습니다. 글에 음표가 달린 것처럼 읽는 내내 즐거움을 준 이자람 작가님의 책을 드디어 만나게 돼서 기뻐요. 안에 있는 것을 글로 끄집어내기를 바라는 마음에 공저 작업을 함께 하고 싶었던 홍예원 작가님, 끝까지 해내 줘서 고마워요.

매번 공저의 들어가는 글을 쓸 때마다 시원섭섭함이 밀려옵니다. 그래서 또 다음 공저를 시작하는 건지도 모르겠습니다. 이런 마

음 덕분에 《1인 기업 제대로 시작하는 법》, 《리딩 퍼포먼스》, 《여자,
에세이를 만날 때》, 《여자는 무엇으로 성장하는가》 네 권의 비비엠
공저를 출간했고, 5기까지 이어진 거겠죠?

힘들 때는 위로를, 격이 있는 출간을 위해 때로는 따끔한 충고도
마지않았던 자이언트 북 컨설팅 이은대 작가님께도 감사합니다.

일어날 수 없는 일이 일어났을 때 "감사합니다."라고 말한다고
해요. 이 책이 세상에 나오는 것, 《앱솔루트 땡큐》가 여러분 손에 쥐
어진 것 모두 있을 수 없는 일입니다. 이 일을 해낸 비비엠 공저 5
기 작가님들 다시 한번 감사합니다. 책을 쓸 때 중복된 단어는 최대
한 자제하는데요. 감사 책이라 정말 원 없이 감사라는 단어를 써봤
습니다. 이것 또한 행복하고 감사합니다.

감사 일기 쓰는 책 먹는 여자

Contents

들어가는 글 _4

제 1장

* 내 삶을 바꾼 '감사'

감사할 일이 계속 쏟아진다   김성신 ········ **15**

우리 가족이 달라졌어요   김명주 ········ **20**

긍정 에너지가 넘친다   이자람 ········ **25**

눈에 감사 렌즈를 장착   배민경 ········ **30**

불평과 불만이 줄어들었다   이경해 ········ **35**

무슨 일이든 적극적으로 도전한다   이유리 ········ **40**

분노가 대화로 바뀌었다   홍예원 ········ **44**

인생의 주도권을 쥔 느낌이다   최서연 ········ **50**

힘든 일을 견디는 힘이 생겼다   안경희 ········ **55**

제 2장　내가 실천한 '감사'

매일 세 가지 감사를 표현합니다 　　　　　배민경 ········**63**

최악의 하루가 최고의 하루로 바뀌다 　　　김성신 ········**68**

사람 때문에 스트레스 받지 않습니다 　　　이자람 ········**73**

하루 두 번, 감사를 실천하다 　　　　　　최서연 ········**78**

지푸라기라도 잡는다는 심정으로 　　　　　홍예원 ········**83**

더 나은 내가 되기 위해 　　　　　　　　이경해 ········**89**

도저히 감사한 마음이 생기지 않을 때조차 　김명주 ········**95**

세상에 당연한 것은 없다 　　　　　　　　이유리 ········**101**

잠들기 전 감사 습관이 내일을 바꾼다 　　안경희 ········**105**

제 3장　지금 바로 시작하는 '감사'

감사일기 쓰는 법 　　　　　　　　　　　이유리 ········**113**

감사한 마음은 어떻게 가질 수 있는가 　　김성신 ········**117**

반드시 행동하는 감사가 되어야 　　　　　이자람 ········**122**

감사를 강요하지 말라 　　　　　　　　　이경해 ········**127**

감사 습관 만들기 배민경 ········**132**

사람과 상황과 사건에 감사하기 안경희 ········ **136**

불평과 불만이 생길 때마다 홍예원 ········ **143**

오늘이 마지막이라면 최서연 ········ **149**

후회하지 않기 위한 최선의 길 김명주 ········**153**

제 4장 ✱ 궁금해요 '**감사**'

부당한 일을 당했을 땐 어떻게 감사해야 하나요? 홍예원 ········**161**

몸이 피곤하고 힘들 때에도 감사해야 합니까? 김성신 ········ **166**

꼭 감사 일기를 써야만 하나요? 이경해 ········**171**

아무리 감사해도 삶이 달라지지 않을 땐
어떻게 해야 하나요? 이자람 ········**177**

나는 감사를 표현하는데 상대방은 달라지지 않아요 최서연 ········ **182**

시련이 닥칠 땐 어떻게 감사해야 합니까? 이유리 ········**186**

감사는 얼마나 지속해야 효과를 볼 수 있나요?
또, 그 효과는 무엇인가요? 배민경 ········**191**

감사 습관을 가지기 위해서는
무엇을 어떻게 하는 것이 좋을까요? 김명주 ········ **195**

감사하는 시간을 따로따로 가져야 할까요? 안경희 ········ **201**

제 5장

행복과 사랑이 넘치는 인생을 만드는 '감사'

이유 없이 감사합니다   김명주 ······· **209**

반드시 이루게 될 겁니다   최서연 ······· **214**

당신의 마음을 알아주는 사람이 있습니다   김성신 ······· **218**

감사는 에너지입니다   이유리 ······· **223**

지금의 상황이 미래의 감사가 될 것이다   배민경 ······· **227**

당신은 처음부터 감사한 존재   안경희 ······· **231**

감사하지 않으면 무엇을 할 수 있을까요   이경해 ······· **236**

왜 걱정합니까? 감사하면 됩니다   홍예원 ······· **242**

오늘, 얼마나 많은 감사한 일을 만났습니까   이자람 ······· **247**

에피소드 _ **252**

마치는 글 _ **257**

하루감사일기 _ **261**

제1장

내 삶을 바꾼 '감사'

1

감사할 일이 계속 쏟아진다

김성신

　2018년 여름 우리 가족은 남편의 직장문제로 멕시코로 나가게 되었다. 초등학교 5학년, 중학교 1학년인 아들 둘을 데리고 남편 따라 나간 타국의 생활은 두려움의 연속이었다. 그리고 3년 8개월 뒤 돌아온 한국. 일부러 예전 살던 동네로 돌아왔다. 익숙한 동네이기도 했고 아이들도 친구들이 있으니 잘 적응하리라 생각했다. 그러나 예전의 친한 이웃이었던 사람들은 모두 부러움과 시기의 시선들로 바뀌어있었다. 차라리 다들 가는 강남 재개발 예정 아파트 허름한 곳으로 갈걸! 하는 생각이 들었다. 아이들은 아이들대로 힘들었고 나는 나대로 예전과 다른 시선들에 힘들었다.

　예상치 못한 일들에 지쳐갈 때쯤 김미경 유튜브 대학이 시작되었고 나는 거기에 몰입했다. 1기 장학생이 되기까지 중간중간 과제 제출의 어려움이 있었지만 꿋꿋하게 해냈다.

　그런데 어떻게 된 일인지 나는 이렇다 할 성과를 내지 못했다.

거기다 설상가상 아이들의 대학 입시와 맞물려서 함께 공부한 사람들 모임에도 꾸준히 나가지 못하다 보니 그들과도 점점 멀어지게 되었다.

그래도 한가지 성과라면 만원이라도 스스로 벌어보라는 김미경 선생님의 말씀에 독서실 봉사자를 시작으로 독서실 관리자 겸 도서관장으로 일하게 된 것이다.

그렇게 그저 조용히 김미경의 북 드라마 책을 독서실과 도서관에서 읽었다. 도서관 활성화를 위해서 김미경의 위북 프로젝트도 신청하여 작은 도서관 자격으로 무료로 받아볼 수 있게 되었다. 분명 예전과 비교할 때 내 주변에는 좋은 일들이 일어났다. 49세에 취직도 되었다. 그러나 신기할 뿐 매일 고단했고 더 진취적으로 일을 추진해나가는 사람들이 부럽기만 했다. 업무 스트레스도 있었고 함께 찾아온 낮은 자존감이 나를 지배했다. 알면 알수록 세상에 잘난 사람은 너무도 많았다. 이 당시는 작은 수첩에 매일 감사한 일 3가지만 메모하고 있었다. 아침에 출근해서 혼자서 외로이 적었다.

그러던 중 지금의 최서연 작가를 통해 BBM을 알게 되고 감사 일기를 함께 쓰는 곳을 알게 되었다.

성공자들은 다 감사 일기를 쓴다고 수많은 책에서 봐서 익히 알고 있던 터라 한번 믿어보기로 했다. 아침에 일어나 새벽기도를 하고 감사 일기장을 펼쳤다. 처음에는 감사한 일 세 가지 뭘 쓰지……. 잘 떠오르는 날에는 괜찮았지만 몸도 마음도 아픈 날은 거짓말로 쓰기는 죽어도 싫었고 그럴 필요도 없다는 생각이 들었다. 곰곰이 하루하루를 돌아보게 되었다. 그래. 기본으로 돌아가자. 속상한 일 수두룩해도 남편이 건강하게 출근했고, 아이들도 모두 학교에 갔으니 감사하다. 그렇게 감사한 일을 적고 아주 사소한 일, 예를 들어 내가 좋아하는 커피 우유 한 모금에 감사합니다. 이렇게 꾸준히 적다 보니 내 눈앞에 펼쳐지는 모든 일이 감사한 일이 되었다. 점점 웃는 순간들이 많아지고 마음도 단단해지는 효과까지 가져오게 되었다.

감사 일기를 쓰기 시작한 후 빠지지 말고 써보자는 마음으로 아침이면 감사 일기를 펼친다.

쓰다 보면 진짜 주변의 일들이 감사 일기장에 담고 싶지 않은 날도 있게 마련이다. 이런 날은 미래 감사 일기를 한 줄 적는다. 하루는 속상한 일들이 많았던 그 이튿날 아침 오늘 정말 좋은 일이 생겼습니다.라고 적었다. 그랬더니 정말 보고 싶었던 언니와의 생각지도 못했던 만남을 가질 수 있었다. 전혀 상상도 할 수 없는 일이 일어났다. 그래서 그 후로는 아픈 사람들이나 소원하는 일들을 미래 감사로 한 줄씩 쓰는 날이 늘어나고 있다. 신기하지 않은가? 정확히 어떤 일이 일어나게 해 주셔서 감사합니다.라고 적지 않았는데도 일어나는 감사한 일들. 이런 날 하루가 무탈하게 지나가면 자연스럽고 평탄하게 별일 없이 지나간 하루에 감사하는 나를 발견하게 된다. 감사 일기를 쓰기 전에는 오늘도 그저 그런 하루……라고 했다면 이제는 오늘 하루도 감사합니다. 잘 살았다고 나를 토닥이고 가족과 즐겁게 저녁을 먹고 감사 일기를 쓴다. 평범한 하루가 감사한 하루로 바뀐다.

우리들의 삶에서 좋은 일이 끊임없이 터질 수 있다면 그야말로 로또겠지만 그렇게 엄청난 일이 생기지 않아도 생활 속에서 아주 조금 용기 내어 내가 좋아하는 일을 할 수 있게 되고 만나고 싶은 사람들을 만나게 된다면 이것이 감사 일기의 기적이 아니고 무엇일까.

나는 엄청난 계획을 세우고 대단한 일을 하며 사람들에게 뭔가를 강하게 말하는 사람은 아니다. 내가 좋아하는 일을 하고 주변 사람들을 소소하게 챙기며 하루하루 감사하는 삶을 사는 사람이다. 아직 성장의 길은 멀다. 나이는 한 살 두 살 먹어가고 몸도 예전같지 않다.

내 인생에서 여기저기 기웃대고 지금까지 실패한 일들도 많다. 하지만 평생 가져갈 한 가지를 꼽으라면 단연코 감사 일기다. 감사 일기는 나에게 너무나 소중하다. 성공한 사람들만 감사 일기를 쓸까? 나도 쓰다 보면 감사한 일들이 지금보다 훨씬 많이 생기고 나는 또 그 일들에 감사할 것이다. 감사 일기를 쓰면 감사할 일이 계속 쏟아질 수밖에 없다. 감사 일기에 쓴 그 모든 일에 감사할 테니까.

나는 남들이 부러워하는 외국 생활을 했다. 멕시코에서 3년 8개월 동안 온 가족이 그곳에서 살다 왔다. 물론 좋았고 신기한 경험도 많이 했다. 낯설었고 긴장과 두려움의 연속으로 충분히 그 생활을 즐기지는 못했다. 김미경 유튜브 대학도 마찬가지다. 첫 장학생이 되어서 기분이 매우 좋았지만 감사함보다는 경쟁과 성취의 기쁨이 있을 뿐 힘들었다. 지금 생각해보면 너무나도 감사한 일들의 연속이었으나 그 당시는 그렇게 느끼지 못했다. 충분히 즐기지 못했다. 아마도 많은 사람들이 이렇지 않을까 싶다. 감사함이 없으면 생활은 지치고 힘들어진다. 나는 감사 일기를 쓰고 감사한 일들을 찾기 시작한 이후로는 매일 감사할 일이 넘쳐 세 가지만 적기에는 종이가 모자라다. 끝없이 감사할 일이 생긴다. 감사하다 보면 어디서 나오는지 모를 자신감과 용기가 생기고 나를 좋아하는 사람들이 생기고, 감사한 일도 계속해서 일어나니 신기하고 감사할 따름이다.

2

우리 가족이 달라졌어요

김명주

좋은 일이 생기면 자랑하고 싶고, 맛집을 알게 되면 소문내고 싶습니다. 우리 가족에게 좋은 변화가 생겼습니다. 독자 여러분에게 소개해드리고 싶습니다. 세 가지 이야기로 풀어 보고자 합니다. 첫째는 변화의 동기이고요. 둘째는 변화의 매개체입니다. 그리고, 지금 우리 가족의 행복한 모습까지. 시작합니다.

우리 가족의 변화를 일으킨 동기는 '행복 추구'입니다. 6년간의 연애를 거쳐 결혼했습니다. 남편과는 사이도 좋았고 행복했습니다. 문제는 결혼 이후 시작한 카페 사업부터 의류 도매업 등 함께하는 사업에서 비롯되었습니다. 종일 붙어 있다 보니 툭탁거리기 시작했고, 이런저런 불평과 불만이 생기기도 했습니다. 사업 부진과 경기 악화로 힘들어진 후에는 부부 사이가 더욱 소원해졌습니다. 뭔가 대책이 필요했습니다. 노력해도 달라질 것 같지 않고 답답했던 시간 속에 만난 책《목적이 이끄는 삶》을 통해 삶을 돌아보게 되었습니다. 《평생 감사》라는 책을 읽고 우리 부부에게도 '감사'가 필요하다는 사실을 알게 되었습니다. 적극적으로 실천하기 시작했지요. 쉽지 않았습니다. 현실이 녹록지 않은데, 매일 감사를 해야 한다고 생각하니 다소 억지스럽게 느껴졌습니다. 감사한 마음이 전혀 없을 때도 감사를 표현하는 것이 마치 거짓말을 하는 것 같았습니다. 겉으로만 하는 감사는 숙제 같았습니다. 그래도 책에서는 그럼에도 불구하고 계속 감사하면 달라지고, 분명 삶이 좋아진다고 했기 때문에 믿고 계속하기로 했습니다. 특별히 감사할 일이 없는 날에도 최소한 한 가지는 꼭 일기장에 감사를 기록했습니다.

감사를 실천해서 성공적이고, 행복한 삶을 사는 사람들은 살아있음에 감사하고, 가진 것에 감사하고, 지금 이대로 감사하라고 말합니다. 그러나 솔직한 제 심정은 도저히 받아들이기 힘들었습니다. 제가 무슨 천사도 아니고, 성인군자도 아닌데, 살아있음에 감사하라니. 받아들이기가 어려웠습니다. 그래서 저 나름대로 방법을 찾았습니다. 제가 온 마음으로 감사할 수 있는 일. 바로 제 두 딸이었습니다. 돈이 없어도, 남편과 싸워도, 사는 게 힘들어도, 두 딸의 얼굴만 보면 마냥 감사하고 기쁘고 행복했지요. 저의 감사는 두 딸로부터 시작되었습니다. 지치고 힘든 날이면 감사 일기장에 적었습니다. 제 곁에 두 딸이 있다는 사실만으로도 감사하다고 말이죠. 그렇게 시작된 감사는 조금씩 일상의 다른 쪽으로도 옮겨가기 시작했고 확장되어갔습니다. 두 딸은 결국 남편과도 연결되었지요. 딸들에게 감사하다 보니 남편에게도 고마운 마음이 생기기 시작했습니다. 그래, 잘해 보려고 열심히 했는데 뜻대로 되지 않았으니 얼마나 속이 상할까. 가장, 남편, 아빠, 아들, 맏사위로서 어깨가 무거웠겠다. 이렇게 이해와 배려가 제 마음에서 우러나올 줄은 정말 몰랐습니다.

변화의 매개체는 감사였습니다. 저는 '감사'가 인생을 바꾼다는 말을 믿기 힘들었습니다. 그렇지만 힘들고 어려운 상황에서 지푸라기라도 잡겠다는 심정으로 시작한 것입니다. 감사를 시작한 이후 몇 달간은 전혀 효과가 없었습니다. 의구심이 가득했으니 효과가 있을 리 없었지요. 딸들을 통해, 그리고 남편을 향해 진심 어린 감사를 품기 시작하자 그때에야 비로소 조금씩 달라지기 시작했던 겁니다. 돌이켜보면, 감사가 아니었다면 지금쯤 어떻게 되었을까 상상조차 되지 않습니다. 아마 지금도 여전히 불평과 불만, 짜증과 분노로 남편과 다투며 한숨을 내쉬고 있지 않을까 생각합니다. 끔찍하지요. 참 다행입니다. 감사를 만날 수 있어서요.

저는 힘들어하는 사람을 만날 때마다 꼭 전해주고픈 이야기가 있습니다. 감사하는 마음을 한번 가져 보라고 말이죠. 감사가 바로 변화의 매개체이기 때문입니다. 자기 계발 분야에 몸을 담고 있는 사람들은 대부분 성장과 변화를 추구합니다. 다양한 방법이 있겠지만, 감사야말로 가장 빠르고 확실한 도구라고 믿습니다. 제 경험이니까요.

끝으로, 지금 나와 우리 가족이 어떤 모습으로 살고 있는지 보여드리고자 합니다. 아침에 남편이 출근할 때 안아줍니다. 퇴근해서 돌아오면 또 안아줍니다. 처음에는 손발이 오그라 들고, 남편도 적응하지 못해서 몸을 뒤로 빼곤 했지요. 하지만 지금은 다릅니다. 저도 자연스럽게 안아주고, 남편도 따뜻한 품으로 저를 안아줍니다. 별것도 아닌 2~3초간의 허그가 얼마나 마음을 편안하고 행복하게 해 주는지 모릅니다. 등을 두드리며 파이팅까지 외치다 보면 든든하고 힘이 납니다.

이른 새벽에 출근하는 남편이 회사에 가 있을 때, 문자 메시지를 보냅니다. 할 말만 하거나 소통이 안 되면 짜증 섞인 문자를 보냈겠지만 지금은 다릅니다. 남편을 존중하고, 업무 중에 제 문자를 보면 기분이 좋아질 수 있도록 배려합니다. 처음엔 남편도 그냥 제 문자를 읽기만 하고 답장조차 보내지 않을 때도 있었습니다. 그래도 신경 쓰지 않았습니다. 받기를 기대하지 않고, 오직 주는 삶이 곧 감사의 표현이기 때문입니다. 얼마 후, 남편도 귀여운 이모티콘과 애정 가득한 답장을 보내기 시작했습니다. 하루 중 가장 행복한 순간이기도 합니다.

아이들과의 사이도 달라졌습니다. 예전에는 두 딸이 뭘 물어도 일하느라 눈을 맞추지 않고, 건성으로 대답하기 일쑤였습니다. 지금은 눈을 맞춥니다. 두 딸의 표정을 읽고, 예쁜 눈빛을 바라봅니다. 엄마의 태도와 말투, 눈빛만으로도 딸들은 사랑을 느낄 수 있습니다. 행복한 표정의 두 딸을 보면 저도 행복합니다. 아이들의 소원이었던 가족여행도 이젠 자주 하는 편입니다. 매주 토요일 저녁마다 가정예배를 드리는데 딸들은 만사를 제쳐두고 참석합니다. 온 가족이 모여 함께 하는 시간 자체가 축복입니다.

기쁜 일이든 슬픈 일이든 함께 하는 가족이 있어 그저 감사합니다. 나날이 행복합니다. '이런 날이 내게도 오다니' 문득 이런 생각이 들 때면, 자다가도 배실배실 웃곤 합니다. 감사하기 힘들 때 감사해야 합니다. 감사할 일 없을 때 감사해야 하고요. 작은 실천, 감사 덕분에 우리 가족 달라졌습니다. 그래서 또, 감사합니다.

3

긍정 에너지가 넘친다

이자람

어렸을 땐, 하고 싶은 것이 많고 전부 다 잘하고 싶었다. 초등학교 때 선생님께서 무엇이든 '잘함'이라서 '자람'이냐고 말할 정도였다. 주어진 것을 다 잘하려 했고, 또래 아이들처럼 모든 것을 신나게 했다. 조금만 노력해도 잘한다고 칭찬을 받다 보니 더 잘하기 위해 노력하곤 했었다. 누가 못한다고 혼내지도 않는데 잘하고 싶은 마음이 앞서던 초등학교 1학년 때 작지만, 나에게 그 의미는 결코, 작지 않았던 사건이 있었다. 당시만 해도 초등학교 저학년도 교내 평가가 있던 시절인데, 학교에서 몇 과목 시험을 보고 채점한 시험지를 부모님께 보여드리고 오는 것이 숙제였다. 당시 어떻게 알았는지 '올백'이 목표였던 나는 2-3개 정도 틀린 내 시험지를 보고 매우 슬펐다. 엄마를 보여드릴 수가 없어서 내내 고민하다가 어느새 저녁을 먹을 시간이 되었다. '근데 자람아, 오늘 숙제 있지 않아?' 이미 엄마가 알고 계시는 것 같았다. 순간 덜컹 심장이 떨어지는 느낌이었다. '아 맞다. 잠시만요.'라며 1년 같은 10초를 체감하며 가방 속에 고이 접어놓았던 시험지를 주섬주섬 꺼냈다. 내 시험지를 들고 엄마를 가져다 드리는 그 시간이 참 길었다. 잔뜩 주눅이 들어있던 나에게 엄마는 잘했는데 왜 그리 기가 죽어있냐고 웃으셨다. 당시에 나는 내 시험 점수에 전혀 만족하지 않았었기에 엄마의 칭찬이 의아했다. 하지만, 그 이후로 시험 결과에 대한 공포는 없어졌다. 내가 잘하고 싶어 하는 만큼, 시험 결과는 맘대로 되는 것이 절대 아니라는 걸 그때 깨달았다.

부모님께서 나의 시험 결과에 크게 연연하지 않았지만, 잘하고 싶은 욕심은 학창 시절 나를 힘들게 만들었다. 티브이를 보며 놀고 있지만, 마음이 편하지 않았기 때문이다. 최선을 다하지도 않으면서, 마음에 들지 않는 점수를 마주하는 것은 힘들었다. 중요한 사실이 바로 여기 있었다. 최선을 다하지 않으면서 좋은 결과를 바랐던 것이다. 시험이 다가오면 위장병을 달고 살았고, 시험 기간에는 꼭 한 번씩 위염이 도져서 양호실에 누워 있었다. 그래도 다행인 건 시험의 결과에 대해선 크게 힘들지 않았다. 어릴 적에 시험 결과에 대해서 엄마가 긍정적인 이야기를 해주신 것의 영향이라 생각한다. 그러나 시험을 앞두고 스트레스를 받고 예민해지는 성향은 성인이 된 이후에도 크게 변하지 않았다. 한 학기에 두세 번 이상 있던 연주와 오디션, 실기시험, 에세이 제출, 프레젠테이션, 시험 등 다양한 방법으로 끊임없이 나의 실력을 보여주어야만 했고, 내 기준 최고의 나를 보여주려고 애썼다. 하고 싶은 공부를 해서 재미있었지만, 잘하고 싶은 나의 욕심 때문에 과정을 즐기지 못했다.

감사 일기를 처음 만난 것은 우연한 기회였다. 2016년 신정철 작가의 〈메모 습관의 힘〉이라는 책을 알게 되었다. 당시 작가가 운영하는 메신저 단체 채팅방에 들어가게 되었고, 채팅방 내에 다양한 소모임이 구성되어 있었다. 그중에 유난히 '감사 일기 모임'이라는 소모임이 내 눈에 띄었다. 그때 처음 감사 일기라는 것의 존재를 알게 되었다. 처음 감사 일기 방에 들어가서 적잖이 충격을 받았다. 그 방에 있는 다양한 사람들이 감사 일기를 올렸는데 그 내용이 너무 흔한 이야기만 가득했기 때문이다. 예를 들면, 오늘 어머님이 맛있는 반찬을 해주셔서 감사합니다. 비 오는 날인데 안전하게 귀가해서 감사합니다.라는 말들이 대부분이었다. 일상에서 그냥 있을 만한 일들에 그 사람들은 감사하고 있었다. '왜 이런 것까지 감사해야 하는 걸까? 당연한 것 아니야?'라는 물음표가 생겼다. 그리고 나역시 매우 어색하게 '감사할 구실'을 찾기 시작했다. 그 당시 남긴 나의 감사 일기를 보면 피식 웃음이 나온다. '버스를 기다리지 않고 탈 수 있어서 감사합니다.' 'A학생이 수업시간에 집중을 해주어 감사합니다.' '학부모님이 챙겨주신 간식 감사합니다.' 하루 일과를 마치고, 가만히 앉아서 하루를 되뇌어 보면서 억지로 끼워 맞추며 10

개 정도의 감사할 거리를 쓰기 시작했다. 정말 사소한 것이었고, 이거까지 쓰면서 개수를 맞춰야 하는지 의문도 들었지만, 일단은 열심히 썼다. 쓰면 좋다니까 썼다. 쓰면 성공한다고 하니까 썼다. 처음 한 달은 어색하고 이상했다. 일상 속에서 감사를 느껴야 하는데, 전혀 감흥이 없다가 감사 일기를 쓸 때만 억지 감사를 하는 것 같았다. 그렇게 하루 이틀 쓰다 보니 조금씩 세상을 보는 눈이 바뀌고 있었다. 감사 일기를 쓰는 시점에만 감사했던 일들이, 그 일이 벌어지는 순간으로 앞당겨진 것이다. 매 순간 진심에서 우러나오는 감사. 그렇다. 이런 느낌을 위해서 사람들이 감사 일기를 쓰라고 했던 것이었다. 감사 일기를 쓰는 초반에는 일상 속에서 진심으로 감사를 느낄 일이 많지 않았다. 그저 형식적으로 나에게 친절을 베풀어준 누군가에게 감사하다는 인사를 했고, 마음 깊이 감사를 느낄만큼 행복한 느낌이 아니었다. 하지만 작은 일상 하나하나에 감사를 느끼고 그 감정들을 표현하다 보니, 매 순간이 행복해졌다. 나의 삶의 목표 중 하나는 행복이었다. 그 행복이 감사 일기를 쓰는 아주 작은 습관으로 만들어진 것이다. 감사 일기를 쓰는 것과 함께 만든 습관이 있는데, 바로 긍정 확언이다. 긍정 확언이란 내가 바라는 나의 모습, 내가 원하는 오늘 하루의 나의 모습을 문장으로 만들고, 그 문장대로 이루어졌다고 나 자신에게 말을 하는 행동이다. 내가 주로 하는 확언은 '나는 무엇을 해도 잘 된다. 모든 일은 내 위주로 돌아간다. 나는 항상 건강하고 아름답다. 나를 만나는 사람들은 나에게 좋은 영향을 받는다.' 등이 있다. 아침마다 내가 바라는 오늘 나의 모습을 확언으로 적거나 말로 하고, 그날 특별한 이벤트가 있으면 그 일에 대한 확언도 따로 적어서 다 이룬 나의 모습을 상상했다.

확언과 감사 일기로 인해서 삶을 바라보는 태도가 바뀌었다. 확언을 적고 외치다 보니 내가 바라는 나의 모습이 선명해졌다. 의도하지 않은 일이 생기더라도 마음속 깊이 잘 될 거라는 확신이 생겼다. 상황과 환경에 감사하다 보면, 나의 마음은 행복으로 가득 차올랐다. 확언과 감사 일기가 자연스러워질 때까지 약 100일 정도 걸렸다. 그 시간 동안의 습관들이 나를 긍정적인 사람으로 만들어 주었다. 타인에게도 낙관적이고 선한 마음을 전한다는 이야기를 자주 듣게 되었다. 긍정 에너지. 상상조차 못 했던 에너지가 내게 생긴 것이다.

지금도 때때로 난관에 부딪히거나 내 생각대로 일이 풀리지 않는 경우가 있다. 하지만 감사 일기로 다져진 나의 마음은 쉽게 무너지지 않는다. 단단해졌다. 흔들림 없다. 앞으로도 꾸준히 꿈꾸고 확언하고 감사할 것이다. 그리고 감사 일기에 그것들을 남김없이 적으려 한다. 꿈을 이룬 나의 모습. 생각만 해도 근사하다.

4

눈에 감사 렌즈를 장착

배민경

감사 일기 쓰는 것은 눈에 감사 렌즈를 장착하는 것이다. 감사 렌즈란 내 눈으로 감사할 일들만 걸러서 보고자 하는 의지를 의미한다. 모든 일에는 양면성이 있는데, 부정적인 면만 보기 시작하면 계속 부정적인 것만 끌리게 되고, 부정적인 이야기만 하게 된다. 이와는 반대로 긍정적인 것을 보게 되면 긍정적인 것들만 눈에 보이게 되고, 이를 나는 '감사 렌즈'로 표현을 하였다. 긍정적인 렌즈! 감사할 것만 보이게 해 주는 렌즈! 멋지지 않은가? 감사 일기를 쓰기 시작한 지도 2년여 가까이 됐으니 내 눈에 렌즈가 장착된 것도 2년이 흐른 것이다. 어떠한 이유로 감사 렌즈라는 표현을 썼을까? 감사 렌즈를 장착하고 삶에 어떠한 변화가 있었을까? 변화의 내용은 4가지로 압축할 수 있다.

첫째, 타인의 장점이 보이기 시작했다. 남의 눈에 티끌은 쉽게 보면서, 내 눈에 들보는 보지 못한다는 말이 있듯이, 남의 단점 찾기는 작은 것도 참 잘 찾아낸다. 미술학원을 운영할 때 학부모님들을 보며 느낀 점이 있었다. 학부모님들은 아이들의 단점은 기가 막히게 찾아내어 고치고자 하시는데, 오히려 장점은 보지 못하시는 경우가 많았다.

예를 들어 보자면, 손힘이 약하지만, 관찰력이 좋은 아이가 있었다. 이런 아이들에게는 드로잉이 쉬운 사인펜이나 수성펜을 쥐어 주면 손에 힘을 주지 않고도 그림을 그릴 수 있다. 그런데 이 아이의 어머님은 아이의 관찰력은 보이지 않고, 손힘이 약해 크레파스로 꼼꼼하게 칠하지 못하니 크레파스로 종이를 메꾸는 훈련을 시켜 달라 부탁하셨다. 자신의 아이에게도 장점을 발견하기 어렵다는 걸 이 사례를 통해 느낄 수 있었다. 그런데, 꾸준히 감사 일기를 작성하다 보니, 매일 곁에 있는 한 사람에 대한 감사함을 작성하다 보니, 점차 누군가와 만났을 때, 그 사람에 대한 감사한 점과 장점을 나도 모르게 찾기 시작했다.

이러한 습관은 인간관계를 맺을 때도 도움을 준 것 같다. 감사 렌즈로 바라보면 그 사람의 장점이 부각되게 된다. 따라서 곁에 있는 사람에 대해 감사함을 느끼고 그것을 적는 행위는 내 머릿속에 그 사람에 대한 장점과 감사할 점이 입력되게 하였고, 좋은 사람들이 옆에 있다는 행복감을 느끼게 해 주었다.

둘째, 내가 가진 것에 대한 감사가 생겼다. 나는 돈을 잘 벌지 못한다. 아직 논문이 마무리되지 않아서, 저돌적으로 일을 받는 것도 불가능하고, 그림으로 먹고사는 것이 참 쉽지 않다. 이런 형편에서, 힘들다 불평을 늘어놓을 수도 있으나, 감사 일기를 씀으로 인해 상황을 감사 렌즈로 바라보니, 관점의 변화가 일어났다. 돈을 잘 벌때에 누군가가 커피 한잔을 사 주어도 감사하지 않았다. 그러나 매일 내가 가진 것, 해낸 것, 내 옆에 있었던 사람들에 대해 감사 일기를 쓰게 되니, 누군가가 베푼 커피 한잔도 감사하게 되고 나를 행복하게 하였다. 이전에는 커피 한잔이 보이지 않았는데, 감사 렌즈로 보니 작은 커피 한잔도 엄청나게 내게 크게 다가왔다. 또한 감사일기가 쓸게 없을 때는, 정말 내가 앉을 수 있는 의자가 있어서 감사합니다. 내가 살 수 있는 집이 있어서 감사합니다. 등 물건에 대한 감사도 기록하게 되는데, 이를 작성하다 보면 나는 행복의 조건을 모다 갖춤을 알게 되고, 나는 행복해진다.

셋째, 내게 선물같이 주어진 하루에 대한 감사가 생겼다. 내 감사일기는 아침과 저녁을 나누어 작성하게끔 양식이 구성되어 있다. 아침에 일어나면 시간 가계부와 감사 일기부터 작성을 한다. 아침에 들리는 새소리를 들으며, 오늘도 하루를 선물 받았다는 감사함을 느끼며 아침 감사 일기를 작성한다. 그리고 또 오늘 무사히 보냈고, 그날 특히 감사했던 사람에 대해 적으며 하루를 마무리한다. 이렇게 감사 일기를 작성하게 되면 오늘도 잘 살아 냈다고 나 자신을 토닥일 수 있다. 또 그날의 성과와 아쉬운 점도 파악이 되어 내일의 계획을 세우는 것에도 도움이 된다. 이렇게 하루를 마무리하고 시작을 할 때도, 감사의 렌즈로 하루를 바라보게 된다. 감사의 렌즈로 하루를 바라보고 그 시선을 기록하면 평범했던 내 하루도 감사의 빛으로 가득 비추어지게 된다.

넷째, 습관적으로 하던 불평이 줄어들었다. 모든 것에는 양면성이 있다. 나는 프리랜서이기 때문에 수입이 일정치 않다. 또한 가정적으로 겪은 실패, 작은 사업의 실패로 자신감도 사라져 있었고, 자존감은 바닥을 치고 있었다. 그러며 계속 불평이 계속되었다. 신께 불만을 표하기도 하고, 마음은 자꾸만 더 우울해졌다. 그러던 와중에 감사 일기를 쓰기 시작하였다. 감사 일기를 쓰고, 감사 렌즈로 세상을 바라보니 좋은 면들이 보이기 시작했다. 예를 들어, 프리랜서이고 돈을 잘 못 벌어 나쁜 점만 있는 줄 알았는데, 좋은 면도 있었다. 프리랜서이기 때문에 일찍 기상하지 않아도 되고, 일하는 시간도 유동적이다. 그래서 내가 일하기 쉬운 시간에 일을 할 수 있으며, 회사로 출근하지 않고 집에서 일을 할 수 있으므로 좀 더 편안할 수 있다. 또 다른 예를 들어 보겠다. 나는 키가 153이다. 키가 너무 작아 지하철에 앉으면 발이 동동 뜬다. 손잡이를 잡기도 어렵다. 그러나 이런 단점이 있지만, 동안으로 보이고, 귀여워 보이며, 몸집이 작아서 어떤 의자에 앉아도 넓게 누릴 수 있는 장점도 있다. 이런 식으로 사건을 바라볼 때, 장점을 떠올리게 되었다. 장점을 떠올려야 오늘 감사일기에 이 내용을 쓸 수 있으므로…. 이렇게 자꾸 장점으로 바꿔 보는 연습을 하니 습관적으로 하던 불평들이 조금씩 줄어들었다. 불평이 사라지니 내 안에 우울도 조금씩 걷히고 있다.

감사일기는 감사를 하기 위해 감사 렌즈를 끼게 하였고, 이 감사일기는 나에게 첫째, 타인의 장점이 보이기 시작하였고, 둘째, 내가 가진 것에 대한 감사가 생겼으며, 셋째, 내게 선물같이 주어진 하루에 대한 감사가 생겼고. 넷째, 습관적으로 하던 불평이 줄어들었다. 물론, 2년을 감사 일기를 썼으나 아직 이 네 가지 항목이 완벽하게 해내고 있는 것은 아니다. 아직 진행 중이다. 그러나 감사일기가 내 눈에 감사 렌즈를 끼워주는 효과를 맛보았다. 감사 일기를 쓰고, 감사 렌즈를 끼며 마음속 우울의 구름을 많이 걷어 내었다.

그러나 내 마음의 우울은 완전히 걷어내지 못했고, 아직 부족한 점이 많다. 아직 더 노력해야 하고, 거기서 감사일기와 감사 렌즈가 나를 도울 수 있을 것이다.

5

불평과 불만이 줄어들었다

이경해

　불평과 불만이 가득한 삶, 감사 일기를 만나기 전 별명이 '투덜이'였다. 어린 시절 즐겨 봤던 '개구쟁이 스머프'라는 만화에 '투덜이'라는 이름을 가진 스머프가 나온다. 투덜이 스머프는 상대방이 무슨 말을 했는지는 관계없다. 그저 투덜대는 것이 일상인 스머프. 그의 대사는 딱 하나다. "난 싫어." 나도 그랬다. 모든 일상이 불평과 불만으로 가득했다. 어린이집 교사로 일과를 마친 어깨가 점점 무거워졌다. 평생 좋아서 하는 일인 줄 알았다. 하지만 언제부턴가 하루를 버텨내는 것이 힘들었다. 아이들의 말과 행동이 예쁘게만 보이지 않는다. 유독 우리 반 아이들만 드세고 예민해 보였다. 한 해가 힘들면 그다음 해는 좀 순하고 편한 아이들을 만났는데 요즘은 해가 거듭될수록 더 힘들다. 강남에 있는 어린이집에 다니고 있다. 강남이라는 지역 때문인지 부모님들의 학벌과 직업이 화려하다. 유아교육 전공과 20년의 경력에도 불구하고 주눅이 든다. 강남이라는 지역의 특성 때문인지 네 살부터 영어 유치원에 입학하기 위한 준비를 시작하는 아이들이 많다. 엄마들의 계획에 따라 아이를 움직인다. 영유아 교육에 대한 국가 정책은 놀이 중심의 교육과 보육으로 전환하고 있는데 현실의 부모들은 특별한 커리큘럼을 요구한다. 더불어 사회적 이슈가 되는 아동학대 때문에 예민해진 부모들도 많다. '상처가 생기지 않게 조심시켜 주세요.' '우리 아이는 예민해서 스트레스를 받으면 피부에 두드러기가 생겨요.' 이제 막 돌이 지난 아이들을 어린이집에 등원시키면서 걱정도 많고 원하는 바도 많다. 적응 초기에는 교사와 기싸움을 벌이는 것처럼 느껴지는 부모도 있다. 3월마다 새로운 아이, 부모를 만나는 과정이 쉽지 않다. 시간이 지나 신뢰가 쌓이기까지 말과 행동에 포장이 필요하다. 겉으로는 미소와 웃음을 보이고 뒤돌아서면 불평과 불만으로 나의 감정을 쏟아냈다. 그래야 내가 살 수 있을 것 같았다. 적어도 그때는…

　두 아들의 툭탁거리는 소리가 들린다. '엄마, 형이 저를 또 놀려요.' 억울한 표정으로 나에게 달려오는 작은 아들, 그 모습을 두 발짝 뒤에 서서 지켜보며 웃고 있는 큰아들, 고등학생과 중학생이 되었는데 아직도 초등학생 같은 아이들 모습에 화가 난다. '그만 좀 하자' '엄마 힘들어, 현준이 넌 언제까지 동생 놀릴 거야, 그리고 형이 그러면 그냥 모른 척 하면 안 되니?' 말투가 험해진다. 말을 듣던 작은 아이는 불만 가득한 목소리로 중얼거리고, 큰아이는 너 때문이라는 표정으로 각자의 방으로 들어간다. 다른 집 아이들은 서로 위해주며 우애도 좋던데, 아이들을 잘 못 키운 것 같아 분노와 함께 죄책감이 밀려온다. 이런 감정이 싫고 아이들과 대화로 풀지 못하니 불만이 생겼다. 정말 모든 상황이 불만스럽고 싫었다. 내 생각과 다르게 행동하는 사람들을 이해하지 않았다. 매일매일 불평과 불만을 쏟아내며 시간을 소비했다. 그래야 내 마음이 위로되는 줄로 알았다. 불만이 더 큰 불만을 만들고 불평이 더 큰 불편함을 만들어낸다고 생각하지 못했다. 불평과 불만 때문에 몸과 마음이 지쳐갔다. 대책이 필요했다. 시간이 필요한 것 같아 퇴사를 하고 싶었다. 잠시 즐거울 수 있겠지만 금전적인 문제가 발목을 잡는다. 힘이 들 때 서점에 가는 습관이 있다. 이 무렵에도 자주 서점에 갔다. 《나에게 고맙다》라는 책 제목이 눈에 들어왔다. 무작정 사 들고 집에 왔다. 나 자신에게도 불만과 불평이 가득했던 나에게 괜찮다는 마음의 위로를 주는 책이었다. 어쩌면 나 자신에게조차 너무 야박해서 다른 일에도 만족을 할 수 없었던 건 아닐까 하는 생각이 들었다. 생각을 바꾸면 마음도 바뀔 것 같았다. 불평과 불평을 대신 할 수 있는 다른 것이 필요했고 그것을 찾아 움직이기 시작했다.

온라인을 통해 자기 계발을 하는 비비엠을 알게 되었다. 어느 날 카페에 올려진 '감사일기 30일 프로젝트' 모집 공고를 보았다. 감사로 인해 삶을 바꿀 수 있다는 모집 문구가 눈에 들어왔고 망설임 없이 참가 신청서를 냈다. 신청서를 내고 프로젝트를 시작하기 며칠 전, 김명주 리더와 통화를 하였다. 낯가림이 심해 모르는 사람과 이야기하는 것을 불편하다. 평상시라면 모르는 척 지나갔을 텐데, 무슨 이유인지 그날은 흔쾌히 전화를 받았고 대화도 부드럽게 진행되었다. 김명주 리더의 따뜻한 마음이 온전히 전달되었다. 나도 다른 사람들에게 '따뜻하고 부드럽게 말할 수 있는 기술이 있다면 좋겠구나'하는 생각이 들었다. 감사 일기를 본격적으로 쓰기 전 미리 제공받은 영상도 보고 사전 모임도 참가했다. 줌을 통한 온라인 모임에서 각 지역의 사람들이 모여 인사와 이야기를 나누는 것이 신기했다. 코로나가 준 또 다른 선물이라는 생각이 들었다.

2021년 8월 9일, 나의 첫 감사일기가 시작되었다. 아침 준비를 마치고 감사 일기를 펼쳤다. 오늘의 기분을 쓰는데 설레고 두근거렸다. 내 기분을 글로 옮기고 첫 감사로 출근할 곳이 있음을 감사하다고 적었다. 사실 빨리 벗어나고 싶은 곳이지만 그만둘 수 없다면 마음을 바꾸고 싶었다. 바꿔야 한다고 믿었고 바꿀 수 있다고 생각했다. 그렇게 작성한 첫 감사 일기에 호랑이 스티커를 붙였다. 내가 호랑이띠이기도 하지만 호랑이 기운이 팍팍 생겨나기를 바라는 마음으로 붙였다. 감사 일기를 오픈 대화방에 올렸다. 다른 사람들의 반응이 보였다. 내 꿈을 응원해 주고 내 생각에 공감을 표현해 주었다. 내 글씨를 예쁘다고 해주고 호랑이 기운이 느껴진다며 내 생각을 알고 있는 듯한 이야기도 들었다. 모르는 사람들이 남겨준 글을 읽으며 얼굴에 미소가 지어졌다. 다른 사람들의 감사 일기도 봤다. 생각하지도 못했던 내용의 감사를 읽으며 고개가 끄덕여졌다. 나도 답변 글을 적었다. 감사 일기를 통해 다른 사람과 소통하는 재미를 알았다. 글에는 감정이 실린다. 다른 사람을 응원하게 되었다. 감사하는 이야기들에 공감하다 보니 불만과 불평의 시간이 점점 줄어들었다. 스스로 생각해도 기특할 정도로 긍정적으로 말하고 표현하기 위해 노력했으며 실제로 감사와 고마움을 표현하는 시간이 더 많아졌다. 조금씩 투덜이에게서 벗어나고 있었다.

지금도 나는 같은 직장에 다닌다. 지난해보다 더 적극적이고 활달한 아이들, 공격성을 아무렇지 않게 보여주는 아이, 동생으로 인해 예민해진 아이, 각각의 개성이 넘치는 우리 반이다. 아이의 적응 과정에 눈물을 보이는 예민한 엄마가 학부모다. 거기에 국가에서 치르는 어린이집의 평가제를 앞두고 있다. 여전히 우리 집 두 아들은 티격태격하는 사이다. 방학으로 같이 있는 시간이 길어지니 싸움의 시간도 더 많아졌다. 어떻게 보면 작년보다 객관적인 상황이 더 좋지 않지만, 불평과 불만은 줄어들었다. 아이들이 적극적이기에 즐겁게 생활할 수 있어서 좋고, 공격성을 미리 알게 되어 예방할 수 있어 좋다. 동생을 맞이한 아이들을 축하해 주고 마음의 위로를 줄 수 있어 좋다. 감사 일기를 쓰고 난후 불평과 불만이 줄어들고 긍정과 감사로, 내 삶이 채워지고 있다.

6

무슨 일이든 적극적으로 도전한다

이유리

감사 일기를 쓰기 시작한 후로 내 삶은 달라지고 있다. 여러 가지 변화가 있지만, 그중 한 가지를 꼽자면 단연코 적극성이다.

작년만 해도 생계를 위해 꿈같은 것은 접어두고, 전전긍긍 원치 않는 일을 하며 불평과 불만 속에 살아왔다. 매일 똑같이 반복되는 일상에서 누구보다 열심히 그리고 바쁘게는 살아가는데 시간이 지나면 지날수록 '이렇게 사는 것이 맞나?' 하는 의문이 들었다. 뫼비우스의 띠처럼 계속 그 자리를 맴도는 것 같은 벗어나고 싶어도 벗어날 수 없었다. 그 이유는 나 자신에게 있었다. 서울에서 아이 2명 키우면서 살아가기 위해서는 그렇게 해야만 한다고 생각했기 때문이다. 그렇게 나 자신을 억누르며 살아왔다. 그러다 우연한 기회에 감사 일기를 만나게 되었고, 감사 일기를 통해 나는 아무 의미 없는 하루의 일상에서 감사를 발견하는 일상으로, 일상 속 지인들의 위로와 섬김에 감사하게 되고, 주변의 사랑을 느끼며 부정적이었던 마음이 긍정적으로 바뀌기 시작했다. 부정적 자아가 긍정적으로 바뀌는 회복을 경험했다. 사람을 아무 생각 없이 보다가 '내가 도와줄 부분은 없을까? 이 사람은 어떤 분일까?' 사람을 바라보는 마음과 태도가 바뀌었다. 세상을 따뜻한 시선으로 바라보게 되었다. 그리고 감사는 하면 할수록 감사할 제목들이 생겨난다는 것과 감사는 습관화할 수 있다는 것도 깨닫게 되었다.

올해는 10년 동안 다녔던 회사 일을 그만두고, 가슴 뛰는 삶을 꿈꾸며 자유롭게 살고 있다. 평생 오픈된 곳에 글쓰기를 해 본 적 없는 내가 글벗이라는 글쓰기 모임에 참석하여 2주 동안 매일 글 한편씩을 쓰는 도전을 해 보았고, 그렇게 쓴 글을 모아 엮은 문집에 나의 글이 실리기도 하였다. 또 나만의 공간 블로그를 개설하여 글을 쓰며 많은 분들과 공감하고 소통하고 있다. 감사 일기를 쓰기 전에는 퇴근하고 잠자기 전까지 SNS 속 남들의 좋아 보이는 삶과 나를 비교하고 부러워하며 헛된 시간을 보냈던 내가 이제는 아이들과 함께 일찍 자고 새벽에 일어나 나만의 시간을 갖는다. 아침에 일찍 일어나 QT, 독서, 글을 쓰는 것을 루틴화 해 가고 있다. 이것은 나에게 있어서 엄청난 변화이다. 또한 책 읽기를 좀 더 깊이 있게 하게 되었고, 책을 읽으면서 표현력이 풍부해지고, 아이디어가 샘솟기도 한다. 진정한 책 읽기의 맛을 알아가는 중이다. 무엇보다 나 자신을 사랑하며 배우기에 힘쓰고 있다. 워킹 맘의 최대 맹점은 시간 관리 이다. 시간 관리를 도와주는 도구 "바인더" 사용법을 배워 바인더를 통해 시간을 관리하여 나만의 시간을 확보하고, 잊어버리고 하지 못했던 일들이 많이 줄어들어 생활에 효율이 증대되었다. 최근에는 아이들에게 만들어줄 굿즈나 생일이나 여행 갈 때 사용하는 '토퍼(topper)'를 취미로 배워 보았는데 너무 재미있고, 만들고 나면 성취감이 커서 창업 반까지 수강하였고 곧바로 토퍼 창업까지 하여 수익화하고 있다. 이렇게 무슨 일에든 적극적으로 결단하고 도전하고 시도하고 있다. 그러면서 점점 일상 속의 감사와 행복, 기적이 많아지고 있다.

변화된 삶을 이야기하면 쓰고 또 써도 끝나지 않을 것 같다. 나의 삶의 변화를 한마디로 요약하면 '행복'이 아닐까 싶다. 많은 사람이 행복이란 말을 너무 막연하게 생각하고, 지금 행복하지 않을 것을 당연하게 여기며 심지어 행복을 포기하기도 한다. 하지만 나는 이제 확실히 알고 있다. 행복하지 않은 이유는 사람들이 단지 행복해지는 방법을 모르고 엉뚱한 곳에서 행복을 찾고 있기 때문이다. 위에서 이야기한 것과 같이 나는 쉽게 우울해지고 무력감에 빠져 지내던 사람이었다. 그랬던 내가 지금은 행복에 관해 그리고 감사에 관한 글을 쓰고 있다. 감사 일기를 쓰는 이유는 일기를 쓰는 그 자체에 있지 않다. 매일 감사하는 습관을 키워 감사의 마음을 매 순간으로 확대하기 위해서이다. 감사한 공간에 머무르게 되면 과거나 미래에 대한 걱정 근심이 사라지고 지금, 이 순간을 붙잡을 수 있게 된다.

더 많은 분이 감사일기 쓰는 행위를 통해 감사를 매 순간 실천하셔서 지금 이 순간의 행복에 눈뜰 수 있기를 간절히 바라본다. 감사일기를 쓰겠다고 마음먹기도 힘들고 쓰다가 멈추는 순간들도 올 수 있다. 나 또한 무수히 많은 시간 그랬다 혹여나 지금 잠시 멈추었다고 자책하거나 포기하지 않았으면 좋겠다. 그저 과정일 뿐이니… 우리가 나아가고자 하는 방향이 어디인지 확실히 알고 있다면 그건 실패가 아니다 다시 시작해 보자.

걱정, 근심은 우리 인생에 아무런 도움이 되지 않는다. 하지만, 걱정과 근심도 사람의 감정이기 때문에 억지로 없애거나 줄일 수 없다는 게 문제다. 감사 일기는 부정적인 감정을 긍정적이고 밝은 마음으로 바꾸는 최고의 도구라 확신한다. 간절함은 사람을 움직이게 만든다. 인생이 풀리지 않는 대부분의 경우, 자신도 모르는 새 스며든 온갖 부정적이고 불편한 감정이 삶을 흔들고 있기 때문이다. 결단해야 한다. 어렵지 않다. 감사 일기는 양이 중요한 것이 아니다. 하루 5분으로 더 나은 삶을 만들 수 있다면 기꺼이 도전해 볼 만한 가치가 있지 않겠는가. 감사, 그리고 감사일기. 그 여정에 나의 글이 조금이라도 힘이 되기를 바란다.

7

분노가 대화로 바뀌었다

홍예원

　8년 전 일이다. 어린이집을 운영하던 원장인 나는 어느 날, 하원시간이 지나고 해가 저물어갈 무렵 원생의 어머니로부터 전화를 받았다. 몹시 흥분되어 있던 어머니의 목소리에 놀라서 "어머니, 무슨일 있으세요?" 하고 물었다. 어머님은 다짜고짜 자기 아이에게 무슨 짓을 한 것이냐? 되물었다. 영문을 알 수 없어 죄송하지만, 차분히 말씀해주시라고 부탁을 드렸다. 원아의 어머님은 더 큰소리로 "아이를 씻기려는데, 옷을 벗기니 엉덩이에 손자국이 나 있으며, 한쪽 엉덩이 위에 옆구리 방향으로 상처가 나 있다"고 말씀을 하시는 것이다. 솔직히 만 3세의 기저귀를 찬 남아의 어머님 말씀에 너무도 당황했다. 담임선생님께 확인 후 연락드린다고, 죄송하다고 전화를 끊었다. 원에서 별다른 외부활동도 없었고, 아이가 즐겁게 간식도 먹고, 놀이도 잘하고, 기분 좋게 하원을 한 상황이라 도무지알 수가 없었다. 또한, 아이가 하원 한지 한 시간이나 흘러서 전화를 받은 상태였으며, 더욱이 기저귀를 한 아이의 엉덩이에 손바닥 자국이 생길 만큼 그것도 얼마나 큰 충격을 가해야 기저귀 밑에 손바닥 자국이 생길지 도무지 이해도 안 되었다. 담임선생님을 불러 어머님께 받은 내용을 전달하며, 혹 내가 모르는 상황이 있었는지 여쭤보았다. 담임선생님 역시 너무도 당황하시고, 대화를 시작하려는 사이 아이의 아버님께서 전화를 주셔서 무작정 신고를 하시겠다며, 믿고 맡겼는데, 어떻게 그렇게 할 수가 있냐며, 도무지 수화기 너머 소리를 듣고 싶지 않을 만큼 얼토당토않은 억지와 막말을 퍼부었다. 일단 사진을 주시고, 병원에 가자고 말씀을 드려도 도무지 통하지도 않았다. 그날, 담임선생님과 나는 저녁 늦게까지 퇴근이며, 식사도 못 하고, 정말 하루가 지옥같이 마무리되었다.

다음날, 신고한다고 난리를 치시고, 병원도 거부하고, 아이도 안 보내고, 속을 태우셨다. 그날 오후 학대 신고가 되어 구청 직원 두 명, 형사 두세 명, 아동보호전문기관 종사자까지 원 앞에 나타났다. 더욱 당황스러운 것은 전후 사정을 묻지도 않고, 하원 시간에 하교하던 다른 부모님들마저 불안해하시며 무슨 일이냐? 고 자꾸 여쭤보셨다. 설명하기도 너무 힘든 상황에 자세한 사항은 따로 말씀드리겠다고 안심시켜 원의 아이들을 하원 시키고, 모두 원으로 들어오시게 했다. 피해자 아이와 엄마가 동행하셨다.

형사라는 사람은 나를 따로 불렀다. 요즘 사회 분위기가 아동학대로 인해 너무도 시끄러운 상황이니, 원장님께서 어머님과 아이에게 무릎을 꿇고 사과하고, 마무리하자는 어처구니없는 제안을 하는 것이다. 그 형사 분은 원장님께서 사과하시면, 그 피해자 부모와 아동을 설득해서 없던 일로 해주겠다며, 그것만이 해결방법이라고 했다. 꼭 나를 범죄자 취급하면서 말이다. 나는 이런 제안이 문제가 아니라, 모두 사건을 조사하러 오신 것 아니신지 그리고 한쪽의 상황만을 말씀 듣고, 이런 식으로 단순히 합의 보라는 건 말이 안 되는 것 아니냐? 반문하자, 형사는 화를 내며, 어린이집 문을 닫고 싶어서 그러시냐? 소리쳤다. 결국, 나는 일단 신고한 어머니와 아이 모두 한자리에 앉았고, 어제의 상황에 대해서 담임선생님과 함께 상세한 설명을 했지만, 그 형사는 자꾸만 나를 아동학대자로 몰아가는 질문을 하며 난처하게 했다. 결국, 큰 배신감에 나는 쓰러지고 말았다. 이유는 만 3세의 원아의 대답이었다. 누군가 "누가 ㅇㅇ이의 엉덩이를 때렸어?" 묻자, 아이는 질문을 기다렸다는 듯, 나를 바라보다, 원장님이라며 지목을 하는 것 아닌가! 난 그 아이의 눈빛과 입술을 지금도 잊을 수가 없다. 그 당시 나는 임신 초기였으며, 그 자리에서 엉엉 목 놓아 울었다. 결국, 유산까지 되면서 하염없이 무너지기 시작했다.

　다음 날, 그 어머니는 자신도 미안하다고 사과하며, 아이와 함께 병원에 갔다. 상처와 학대 정황에 대한 사실들을 말씀드리고 검사를 받은 결과, 의사 선생님께서는 상처는 3일 전 상처라 볼 수도 없으며, 기저귀를 입고 있는 상태에서 손자국이 한 시간 이상 유지되었다면, 멍이 든 흔적이 조금이라도 남았을 것이라고 말씀해주셨다. 함께 간 어머니는 아무 표정 없이 "알았다" 한마디 대답을 하고 돌아가자고 했다. 의사 선생님은 그날 바로 오시지 그러셨냐며, 신경 쓰지 마시라고 위로의 한마디를 건네주셨다. 하지만, 3일의 지옥의 시작은 그 후에 왔다. 어린이집 주변과 동네에 소문이 일파만파 퍼지는 바람에 속수무책으로 원아들은 타원으로 옮겨가고, 어린이집을 정리하고 말았다.

그 이후에 나는 3년이 넘도록 대인기피증, 악몽에 시달리며, 꿈속에서도 그 아이의 모습에 너무도 시달리고 괴로웠다. 또한, 그 형사의 태도에 분이 풀리지 않아, 마음속은 화로 가득 차고 조금만 누가 불편한 듯 표현하면 참을 수 없는 분노가 일어났다. 그 고통은 가족에게 그대로 돌아갔다. 아이들에게도 말도 하지 않고, 소리만 지르고, 남편과도 불화가 자꾸 생겼다. 가족과 부딪히면 하루 종일 누군가를 괴롭히고 있는 나를 발견했다.

어느 날, 책을 읽게 되었다. 감사하면 달라진다는 것이다. 늘 화가 나고, 감사는커녕, 고마움이 어떤 맘인지 모르겠는데, 어떻게 감사를 하면 달라진다는 것인지 도무지 이해가 되지 않았다. 책을 팔아먹으려고 별소리를 다 써놓았구나! 몇 장 읽다가 던져놓았다.

그 후로 5년이 흐르고, 우울증과 대인기피증에서 벗어난 작년 11월 즈음, 공부를 시작했다. 처음엔 이렇게 살 수 없어서 시작한 공부인데, 독서를 해도 집중이 안 되던 중 유튜브를 통해 '책 먹는 여자' 최서연 작가님을 만나게 되었다. '이분 참! 말도 잘하고, 무엇을 설명해도 상대방이 너무 쉽게 이해할 수 있도록 설명하는 것 아니겠는가?' 신기한 마음에 작가님이 운영하는 SNS 채널은 다 들어가 살펴보았다. 눈에 띈 것은 독서 노트와 감사 일기라는 것을 함께 하자고 되어있었고, 많은 사람이 함께하는 모습이 신기했다. 문득, 던져놓았던 책이 떠올라서 다시 찾아 차분히 읽었다. 성공한 사람들이 쓴다는 '감사'가 이 책의 '감사'랑 다른 것이다. 생각했는데, 오산이었다. 내가 실천해 보기엔 너무 어려운 일이고, 큰 용기가 필요했다. 하지만 바로 등록을 마치고, 감사 노트를 받았다.

한참을 펴놓고 오랜 시간 생각에 잠겼다. 결국, 노트에는 새벽부터 저녁까지 감사를 기록하라는데 도무지 감사하다는 뜻을 알 수가 없었다. '뭘?, 왜?, 뭐가?, 누구한테' 감사하다고 기록하라는 것인지, 그래서 나는 고민 끝에 흉내를 내었다. 남들이 쓴 것을 읽고, 따라 쓰기도 하고, 나의 상황과 비교해 보기도 하고, 그렇게 하루, 한주, 한 달을 보내게 되었다. 몇백 일을 썼다는 사람들이 부럽기도 했다.

어느덧, 펜을 들고, 자연스럽게 눈을 뜨자마자, 감사 노트를 펴는 나를 발견했다. 그러면서 나의 감사가 차츰 다가왔다. 마음의 평안을 주고, 그날그날의 어려운 일들로부터 지혜를 주었다. 또 한 가지, '오늘 하루도 수고했다!' 매일 생각나는 '1일 1인'에게 감사 메시지를 보냈다. 그러면서 나의 화를 조금씩 잊게 되었고, 가끔 나도 모르게 세상 억울하고, 분하고, 불행하고, 답답한 사람처럼 느껴졌던 나의 마음이 하나씩 용서와 사랑으로 감싸 안을 수 있는 여유가 생겼다. 그리고 주변을 보게 되었다.

가장 큰 변화는 가족들과 이야기를 시작한 것이다. 나의 변화에 큰 반응을 보여준 사람은 친정엄마와 남편이다. 두 사람은 시한폭탄을 안고 사는 기분이 이었다고 한다. 제일 미안하고 고마운 사람이다. 살갑지 않은 딸의 눈치 보기에 바쁘셨던 우리 엄마와 집에 들어와도 쳐다보지도 대꾸도 없다가 남편의 한마디에 버럭 소리 내지르는 아내, 때론 달래도 주고, 때론 같이 소리도 질러주고, 그러면서 변하고 있는 나에게 "고맙다" 말해 준 남편이다. 아이들이 나에게 묻는다. "엄마, 화내고 있는 거 아니지?" 아들의 한 마디가 다정하다. 이런 질문을 한다는 것은, 내가 화가 난 상태가 아님을 알고 있다는 증거이기도 하다. 예전 같았으면 아마 아이들은 마음속으로 조바심 내며 불안해했을지도 모른다. 그 시절을 생각하면 아이들에게, 가족에게 미안한 마음이 가득하다. 중요한 것은 지금이다. "지금 바빠? 마트 가자!" 동현이에게 편안한 투로 말을 건넨다. 내 말을 받는 아들의 마음도 편안하고, 미소 지으며, 대답하는 아들을 보는 내 마음도 따뜻하다. 화목한 가족이라는 표현을 내가 쓰게 될 줄 몰랐다. 감사함으로 받은 나의 가장 큰 선물이다.

8

인생의 주도권을 쥔 느낌이다

최서연

감사 일기를 쓴 지 1200일이 넘었다. 곰도 마늘을 먹고 100일이면 사람으로 변한다는데, 내 삶은 어떻게 달라졌을까? 2018년부터 감사 일기를 썼다. 날짜로 계산하면 1500일 이상 썼어야 하지만, 약 300일 정도는 놓쳤다. 안 쓴 날보다 기록한 날이 더 많으니 일단 성공이다. 감사 일기를 지금까지 쓰고 있는 자체가 뭔가 이루고 있다는 자신감을 느끼게 한다.

2014년부터 책 읽는 취미가 생겼다. 2016년 어느 날 '나는 왜 그대로지? 왜 변하지 않지?'라는 생각이 들었다. 독서에 대한 회의감이 생겼다. 독서법에 대한 책을 쌓아두고 읽으면서 공부를 했다. 이 책 저 책 마구잡이로 읽던 버릇을 버리고, 나에게 필요한 책들만 선정해서 읽기 시작했다. 성장에 관련된 책을 읽다가 〈감사〉라는 단어를 자주 접하게 됐다. 어렸을 적 엄마를 따라 교회를 다니면서 귀에 못이 박히게 들었던 그 단어다. 내 삶은 감사하지 않은데, 감사해야 한다고 설교했던 목사님도 떠올랐다.

일단 도전해보기로 했다. 책에서 본 감사 일기를 저녁마다 적었다. 감사한 내용을 적으려고 했는데, 짜증, 분노, 한풀이, 넋두리에 가깝게 감정을 쏟아내고 있었다. 쓰면 쓸수록 부정적 감정이 밀려왔다. 7일 정도 쓰고 나서 이건 아니다 싶었다. 시간을 옮겨 아침에 적어봤다. 잠에서 덜 깬 상태에서 어떤 감사를 할 수 있을까? 일단 저녁에 느꼈던 부정적 단어들은 떠오르지 않았다. 자는 동안 감정 청소가 됐기 때문이다. 아침 감사 일기에는 내가 이미 가지고 있는 것에 대해 감사해보기로 했다.

-일기를 쓸 수 있는 손이 있어서 감사해요.

-깨끗한 물로 샤워할 수 있어서 행복해요.

-노트북을 볼 수 있는 눈이 있어서 고마워요.

-시원한 선풍기를 만들어준 발명가에게 감사해요.

-예스 24에서 책을 주문할 수 있는 돈이 있어서 감사합니다.

-오아시스 마켓 새벽 배송해 주신 기사님 고맙습니다.

-라디오 음악을 들을 수 있는 귀가 있어서 좋아요.

-오늘 하루의 삶도 선물로 주셔서 감사해요.

-오늘도 할 일이 있어서 행복해요.

주변에 관심을 두면서 글을 쓰다 보니 잠이 깨기 시작했다. 내가 가지고 있는 물건이 타인의 도움으로 만들어진 것임을 깨달았다. 모든 것이 감사로 넘쳤다. 남 탓만 했던 내가, 가진 것에 감사를 실천하면서 그들 덕분에 성장했고 돈을 벌고 있음을 알았다. 최인철 교수의 《프레임》책에 핑크 대왕 퍼시 이야기가 나온다. 그는 세상 모든 것을 핑크색을 바꾸고 싶었지만, 하늘만큼은 그러지 못했다. 하늘을 어떻게 핑크색으로 바꿨을까? 과연 하늘을 핑크색으로 칠할 수는 있는 걸까? 관점을 바꾸면 가능하다. 핑크색 안경을 쓰면 된다. 그의 핑크 안경이 나에게는 감사이다.

환경이나 사람을 바꾸려 하기 전에 나부터 변해야 하는데, 말은 쉽다. 변하고 싶고 성장하려는 의지가 있어도 방법을 모르거나, 지속하기가 어렵다. 그 과정에서 슬럼프를 겪는 날도 많았다. 포기하고 싶은 순간은 한두 번이 아니다. 그럴 때도 내 손에는 감사 일기가 있었다. 일기를 쓰면서 한 박자 멈추고 상황을 들여다볼 수 있는 여유가 생겼다. '이 슬럼프는 어디에서 온 것일까? 같은 감정을 겪지 않으려면, 다음에는 어떻게 하면 될까?, 에고. 이번에도 실수했네. 속상하다. 이번 경험을 통해서 내가 배운 것은 무엇일까? 더 큰 그릇이 되기 위한 과정이라고 생각해볼까?'라고 스스로 코칭을 해보기도 했다. 기록만 했을 뿐인데 관점의 변화가 생겼다. 같은 상황이지만 내가 어떻게 생각하느냐에 따라, 다음 결과는 본인이 만들어 낼 수 있다.

이십 대에 중환자실 간호사로 근무하면서 매일 죽음을 마주했
다. 살기 위해 병원에 왔지만 다시 가족들에게 돌아가지 못한 환자
를 보면서 깨달았다. 나에게 주어진 가장 큰 선물은 〈오늘 하루〉이
다. 괜찮은 하루가 모여 좋은 인생이 된다고 믿는다. 그러기 위해서
는 내 인생이라는 배의 방향키를 남에게 맡기지 않을 것이다. 감사
일기를 적는 행위가 오늘도 주어진 하루를 멋지게 살아내겠다는 다
짐이다.

감사 일기 30일, 100일, 300일, 500일, 1000일이라는 시간을 거
쳐 왔다. 가끔 같은 날짜의 지난 일기를 펼쳐본다. 아무리 뒤져도
없는 걸 보니 안 썼던 날도 있고, 뭐가 그리 힘들었는지 파이팅을
외쳤던 기록도 보인다.

그럼에도 나는 지금까지 살아있다.
잘 지내고 있다.

나만의 인생이라는 배를 타고 항해하다 보면, 암초에 부딪히기
도 한다. 짙은 안개에서 길을 잃기도 한다. 어떤 날은 그물 한가득
물고기를 낚을 때도 있다. 시간이 지날수록 내 배는 튼튼해지고 커

진다. 감사 일기를 쓰면서 수시로 느낀다. 얼마나 멋진 삶을 선물을 받았는지 말이다.

오늘도 감사 일기를 쓴다.
인생의 주도권을 쥐고 내가 가진 것을 나누러 세상으로 항해를 시작한다.

🌸 책 추천

프레임(최인철, 21세기북스, 2021)
감사하면 달라지는 것들(제니스 캐플런, 위너스북, 2016)

9

힘든 일을 견디는 힘이 생겼다

안경희

결혼하고 대구에서 신혼 생활을 1년 보냈어요.

첫 아이를 배고 남편과 부산으로 갑니다. 신랑이 친정 부모님이 하시던 쌈밥 체인점에서 부모님을 도와 일하기로 했지요. 5년을 부산에서 생활했어요. 2012년에 다시 부산에서 경산으로 이사를 했습니다. 신랑이 대구에서 치킨 체인점을 친구와 동업하기로 해서요. 5살, 3살 아들 둘이 있었어요.

시댁 근처에 집을 구했습니다. 남편은 오후에 출근하면 새벽에 집에 왔어요. 치킨 매장은 오후 4시에 오픈하고 새벽 2시에 마감했습니다. 저는 아들 둘을 돌보며 의미 있는 시간을 보내고 싶었지요. 보육 교사 자격증을 준비했어요. 2013년에 보육 실습을 30일 동안 했습니다. 우리 아파트 단지 내에 있는 어린이집에서 실습했지요. 보육 실습 시간도 충실히 지켰습니다. 실습을 마치고 사이버 대학에 필요한 서류를 보냈어요. 기다림 끝에 불합격 통지받습니다. 친구는 부산에서 실습했었는데 친구도 불합격 통지받지요. 저희가 사기를 당했어요. 그다음 해에 친구는 부산에서 실습을 다시 하자고 했습니다. 사기를 당한 전적이 있어서 이번에는 대학교에서 진행하는 실습 과정에 참여하기로 했지요. 그런데 저는 아이들이 5살, 7살이었어요. 실습을 하려면 부산에 있는 엄마에게 한달간 아이들을 맡겨야 했습니다. 그리고 함께 부산에서 생활해야 했지요. 고민 끝에 저는 원서를 내지 못했어요. 부산에 사는 친구는 원서를 냈습니다. 그렇게 친구는 보육 실습 과목을 이수하고 자격증을 취득했어요. 저는 미루었지요.

2018년 보육 과목이 더 늘어났어요. 다시 시도해서 보육 과정을 이수했습니다. 이수 과목이 늘어서 아동학 전공을 이수했지요. 2019년 10월 보육 실습을 했어요. 결국 2020년 2월 26일 보육교사 2급 자격증을 취득했습니다. 긴 시간 힘들게 딴 만큼 소중했지요.

2020년 8월 남편이 장례식에 참석한다며 오후 5시 집에서 외출했어요. 장례식에서 나와 함께 간 거래처 지인들과 팔공산에 있는 음식점에 갑니다. 술에 취해 다른 1명과 음식점 앞 정원으로 나왔다고 해요. 음식점 정원 울타리 쪽에 서 있었다고 해요. 그런데 1.5M 높이에서 떨어져서 머리를 다쳤습니다. 119 구급차로 영천 병원으로 이송됩니다. 다시 대구 뇌 전문 병원으로 옮깁니다. 병원 의사 선생님이 뇌 사진을 보고 설명하시며 최악의 상황을 얘기하셨어요. 담당 의사 선생님이 이만하길 천운이라고 하셨어요. 남편이 사고로 병원에 입원해 있을 때 하루하루가 힘든 나날이었습니다. 그때 자기 계발 단톡방에서 진행하는 R365 존 맥스웰 몰아 읽기에 참여하고 있었어요. 첫 번째 선정 도서 어떻게 배울 것인가? 를 새벽에 읽었습니다. 힘든 시기 카톡 독서 모임으로 책에서 힘을 얻었어요. 남편은 3주 동안 병원 치료 후 퇴원합니다.

18년 차 전업주부로만 있었지요. 이번에 남편이 사고로 누워있었기에 저도 생업에 도움이 되고자 취업을 마음먹었어요. 그 해에 보육 교사 2급 자격증을 따서 다행이었습니다. 중앙 정보 센터에서 보육 교사 일자리를 찾아봤어요. 집 가까이에 취업하고 싶었어요. 실습했던 어린이집 보조 교사 모집에도 원서를 제출했습니다. 몇 군데 이력서를 제출했지요. 초보라 그런지 연락 오는 곳이 한 곳도 없었어요. 그런데 진량에서 행복 선생님을 구한다는 모집 글을 봤습니다. 근무 시간대가 좋았지요. 오전 9시 반에서 오후 2시 근무였어요. 어린이집에 연락해 보니 면접을 보자고 했습니다. 일단 일을 시작하고 싶은 마음이 컸지요.

면접을 보기 위해 어린이집을 방문했습니다. 인상 좋으신 원장 선생님이 반갑게 저를 맞이해 주시고 방으로 안내해 주셨지요. 이력서를 보고 자격증이 있어서 잘 되었네요. '일하다가 담임 보육 교사도 도전해 보세요.' 하셨어요. 그리고 9월 1일부터 출근하라고 합니다. 면접을 마치고 집으로 돌아오는 자동차 안에서 보육 교사는 아니지만, 취업을 했다는 것에 감사했어요.

9월 1일 첫 출근을 합니다. 한 선생님이 앞치마도 빌려주시고 세세하게 할 일을 알려주셨어요. 그런데 취업했다는 들뜬 기분도 잠시 보육 교사나 보조 선생님이면 좋겠다는 생각이 들었어요. 3일 뒤 퇴근하고 집으로 돌아오는 길이었습니다. 보육 실습했던 곳에서 보조 교사 이력서 제출한 것을 보고 연락이 왔어요. 면접 보러 오라고요. 아쉽지만 취업했다고 했지요. 이사장님께서 '네. 거기서 많이 배우시면 되지요.'라고 하시고 전화를 끊었습니다. 집에서 어린이집이 가까운 거리라서 아쉬웠지요. 다음날 아쉬운 마음을 뒤로하고 출근했어요. 3세 미소반을 함께 유희실에서 보육하고 있었습니다. 원장님이 외출을 다녀오셔서 선생님 올해 행복 선생님 지원이 짧아서요. 보조 교사로 근무하라고 하셨어요. 행복 선생님보다 월급도 조금 차이가 나고 원했던 바라 기분이 좋았어요. 그렇게 보조 선생님으로 근무해요.

담임 선생님 세 분 그리고 저는 3세 반 보조 선생님으로 근무했어요. 첫날에는 잘 알려 주시던 선생님이 그 후에는 세분이 이야기를 하고 저에게는 말을 걸지 않더라고요. 원장 선생님이 텃새 당하냐고 한 말씀하셨는데요. 아니라고 말씀드렸어요. 그래서 저는 제 할 일이나 잘하자는 마음을 가졌지요. 나의 역할을 생각해 보았어요. 보조 교사의 역할은 무엇인지 나의 가치는 어디에서 결정될까? 스스로 묻고 답했지요. 선생님들이 저를 따돌리더라도 나는 아가들을 예뻐하고 안전 보육하자는 결론을 얻었어요. 열심히 하루하루를 보냈어요. 문제 행동 아가들 보육에 궁금한 것, 손유희 등을 유튜브에서 알아보며 공부했어요.

그러면서 힘든 시기에 감사 일기를 썼어요. 매일매일 감사한 것들을 생각하고 기록했어요. 내가 가진 것에 감사하는 법을 배웠지요. 그러자 선생님들과 친목은 없었지만 직업을 가진 것에 감사하며 보조 교사로서의 제 자리에도 감사했어요. 원장님, 선생님, 아이들 한 명 한 명이 귀하고 매일매일이 소중했어요.

지나고 보니 부산에서 시댁 쪽으로 이사를 하고 보육 교사 자격증 공부를 했습니다. 사이버 대학에서 실습 과목 사기를 당했지요. 몇 년 뒤 보육 이수 과목이 늘어나 이수함으로써 아동학 전공도 갖게 되었네요. 신랑이 사고가 난 것은 힘든 시간이었지만 제가 일을 할 마음도 생겼어요.

취업을 맨 처음 행복 선생님으로 하게 되어 오히려 각각의 역할들이 모두 중요한 것도 알게 되었지요.

힘들고 어려운 일이 생기면 모든 걸 포기하고 싶고, 의욕도 열정도 잃게 마련입니다. 저도 그랬어요. 하지만, 살아야 한다는 생각이 간절했습니다. 문제는 방법을 찾기 힘들다는 점입니다. 저는 '일'을 통해 다시 시작한 경우입니다. 물론, 그 일을 하는 과정에서 '감사'를 만난 것이 최고의 행운이라 할 수 있겠지요. 감사하는 마음을 갖지 못했더라면, 그래서 좌절하고 절망했더라면, 생각만 해도 끔찍합니다. 감사할 일이 생겨서 감사하는 게 아니라, 일상 모든 일에 감사하는 마음으로 살아가면 감사할 일이 생긴다고 했습니다. 책에서만 읽었던 그 이야기를 삶에서 만나게 될 줄을 몰랐어요. 남은 삶에서도 힘들고 어려운 일이 또 생길 겁니다. 그때마다 잊지 않으려 합니다. 모든 순간이 내 삶을 만들어 가는 퍼즐의 한 조각이란 사실을요. 당연히 감사해야겠지요. 제 삶의 일부이니까요. 혹시 지금 이 글을 읽는 사람 중에서, 힘들고 어려운 시간 보내고 있는 분 계신다면, 오늘이라는 시간이 주어진 것에 감사하고 지금 이렇게 글을 읽고 살아갈 수 있음에 감사해 보는 건 어떨까요. 부족한 삶이지만, 여전히 힘에 겨운 인생이지만, 우리는 결국 또 살아내고 말 겁니다. 그러니 미리 감사해 보는 것이지요.

제2장

내가 실천한 '감사'

1

매일 세 가지 감사를 표현합니다

배민경

    매일 아침, 세 가지 감사한 내용을 감사 일기장에 적는다. 아침에 적는 이유는 지금 쓰고 있는 감사일기 양식이 세 가지 감사한 내용을 아침에 적도록 구성되어 있기 때문이다. 아침에 눈을 비비고 바인더를 정리하며 함께 감사 일기를 세수하기 전 적는다. 솔직히 가끔은 아침에 적는 것을 까먹기도 하는데, 그럴 때는 저녁때 함께 적어 내려간다. 내가 감사일기 제작자가 아니기 때문에 왜 아침에 감사한 것 세 가지를 쓰는지는 알 수 없다. 그런데 내 추측에는 감사의 힘으로 하루를 미리 코팅하기 때문이지 아닐까 싶다. 감사 일기는 힘이 나게 한다. 무슨 말이고 하니, 감사일기에 감사한 것 세 가지를 쓰게 되면 감사한 마음으로 인해 그날 힘든 일이 생겨도 막아낼 수 있을 것 같은 힘이 생긴다는 이야기다. 나는 마음의 힘이 약하다. 보통 사람들보다 많이 많이 약하다. 그래서인지, 불안감도 많이 느끼고 우울감도 심하다. 그런데 감사 일기를 쓰고 나면 그날 하루 견딜 수 있는 보호막을 온몸에 얇게 코팅하는 듯 느낌이 든다. 오늘 하루도 잘해 낼 수 있을 것 같은 힘이 생긴다. 버틸 수 있는 힘이 생기는 것 같다. 불안과 우울로부터 나를 버틸 수 있는 작은 지팡이가 되어 주는 느낌이랄까?

또, 감사한 것 3가지를 적는 것은 내가 가지고 누리고 있는 것을 상기시켜 준다. 매일매일 반복되게 쓰면 지겨워서 내용을 계속 조금씩 바꾸고 쓰고 싶어지는데, 이런 감사 일기에 매일 세 가지 감사한 것을 쓰는 것은 쉬운 일이 아니다. 처음에는 매일 다른 내용으로 바꾸어 쓰고자 했다. 그러나 모든 것을 다르게 쓰는 것은 쉽지 않았다. 눈 뜨자마자 매일 새로운 것을 3가지 찾는 것도 쉽지 않았다. 또, '대학에 붙어 감사합니다' 같이 커다란 일을 감사 일기에 적는 사건도 쉬이 일어나지 않았다. 그래서, 감사 일기에 쓰는 내용은 큰 사건이 없다면, 보통 일상의 사소한 일과 반복해서 적는 내용 두 가지로 분류해서 적어 나갔다.

먼저, 감사 일기를 계속 쓰다 보면 정말 작고 사소한 것까지 감사하게 된다. 하루에 3가지씩 감사할 일을 찾는 것, 게다가 내가 쓰고 있는 감사 일기 형식은 매일 아침에 감사한 것을 세 가지 쓰게 되는데 아침에 눈 뜨자마자 어리바리한 상태에서 감사할 일 세 가지 찾는 것이 쉽지 않았다. 하루를 겪고 난 후 3가지를 적으라고 하면, 그날그날 작은 이벤트가 생겨 쓰기 쉬울 것 같기도 한데, 아침에 눈 뜨자마자 감사 거리를 찾는 것은 생각보다 어려웠다. 그래서 처음에는 미리미리 감사할 일이 생기면 바로 핸드폰 메모장에 적어 두기도 하였다. 그럼에도 불구하고 3가지를 적는 것이 갈수록 어려워졌다. 예전에 감사하다 쓴 것을 다시 써도 되긴 하지만, 매일매일 똑같은 것만 감사하다 쓰기가 좀 그래서 이전에 쓰지 않은 것을 쓰려고 하다 보니 진짜 사소한 것들까지 적게 되었다. 예를 들면 다음과 같다.

내가 끓인 김치찌개가 맛이 있어서 감사합니다. 오늘도 6시 이전에 눈이 떠짐을 감사합니다. 39살인데 귀여워서 감사합니다. 85세 나이에 유튜브를 볼 줄 아는 할머니가 계셔서 감사합니다. 다섯째, 오전에 운동하고 싶은 마음을 주셔서 감사합니다.

이런 항목들은 간혹
"뭐 저런 것까지 감사하냐"
"별 걸 다 쓴다"
라는 생각도 들게 한다. 또 내 감사 일기를 본 친구는
"뭘 이런 것까지 감사해?"
라고 말하기도 했다. 하긴 나도 그렇게 생각했었다. 그러나 하나하나 살펴보면 대단한 일이다. 별다른 재료가 없이 김치와 참치로만 끓인 김치찌개가 맛있는 것도 정말 감사한 일이요, 잠이 많은 내

가 6시에 눈을 뜬 것도 정말 대단한 일이다. 39살인데도 동안인 얼굴과 귀여운 외모를 가지고 있는 것도 정말 감사한 일이요, 85세에도 스마트폰을 능숙하게 다뤄 내가 올리는 영상을 볼 수 있는 할머니가 계시는 것은 정말 감사하다. 또, 살을 빼야 하는데, 오전에 운동하고 싶은 마음을 주시는 것도 감사하고 감사한 일이다. 감사 일기를 쓰게 되면서 이런 사소한 것들도 충분히 감사의 조건이 될 수 있다는 것을 알게 되었고, 스쳐 지나갈 수 있는 시간 들을 감사일기에 기록하며 의미 있는 시간으로 바뀌었다. 조금씩 훈련이 되니 3가지 감사요건을 채우는 일도 어렵지 않게 되었다.

또한, 썼던 내용을 반복해서 쓰는 것도 의미가 있다. 내가 주로 많이 반복해서 쓰는 내용은 다음과 같다.

첫째, 부모님과 할머니가 건강하셔서 감사합니다. 둘째, 내가 잘살 수 있는 돈을 주셔서 감사해요. 셋째, 부모님과 가까운 곳에 살아서 자주 뵐 수 있음을 감사드려요. 넷째, 고양이가 건강해서 감사합니다. 다섯째, 논문이 잘 진행되고 있어서 감사합니다.

이러한 내용은 100번을 쓰고 10,000번을 써도 감사하다. 어제도 감사하고 오늘도 감사한 일 들이다. 부모님과 할머니가 건강하신 건 10,000번을 감사해도 부족하지 않다, 프리랜서로 지내며 생계를 유지하는 것은 힘이 드는 일인데 나는 그것을 해 내고 있다. 정말 크나크게 감사할 일이다. 부모님과 가까이에 살아 자주 뵐 수 있어 행복하다. 감사하다. 고양이가 아프면 보험도 되지 않아 돈이 많이 들 텐데 우리 집 고양이는 건강하게 지내고 있다. 참으로 감사하다. 오랜 시간 공을 들이고 있는 논문이 잘 진행되고 있다. 정말로 감사한 일이다. 썼던 감사 내용을 다시 씀으로 인해, 당연한 일로 넘기지 않고, 또다시 한번 상기하고 감사하며 행복해진다. 하루 3가지 감사가 하루를 빛을 내고 의미를 가지며 시작을 하게 해 준다.

아침에 하루를 시작하며 감사한 일 3가지 적는 것은 가지고 누리고 있는 것을 상기시켜 준다. 생각보다 참 많은 것을 가지고 있었다. 아침에 감사한 일 3가지를 적는 것은 시간이 채 5분이 걸리지 않는다. 하지만 투자에 비해 효과는 크다. 5분을 투자하여, 23시간 55분을 감사로 코팅하고 하루를 버틸 힘을 얻는 것. 투자 대비 괜찮은 결과 아닌가? 언제까지 감사 일기를 쓰게 될지는 모르지만, 효과를 본 만큼 당분간은 감사 일기 쓰기가 계속될 듯싶다. 오늘 하루도 잘 살게 해 주서서 감사합니다.

2

최악의 하루가 최고의 하루로 바뀌다

김성신

심장이 두근두근……. 오늘은 막내 대학 발표 날이다. 오전 10시 각 대학별로 인터넷에 접속해서 학생 접수번호와 이름을 적으면 바로 당락을 알 수 있다. 너무 빨리 알려줘서 더 떨린다. 순간에 끝나기 때문이다. 9시 59분. 막내는 집에서 하고 있겠지? 나는 직장 독서실 상담실에서 두근두근 준비 완료. 아이의 수험번호를 어제 몰래 미리 사진 찍어 왔다.

드디어 오전 10시 정각. 해당 대학으로 들어가 미리 여러 번 연습해 둔 순서대로 빠르게 들어간다. 심호흡 한 번 하고 수험번호를 행여나 틀릴까 하여 하나씩 확인하며 적는다. 똑바로 잘 적었는지 한 번 더 확인하고 엔터. ㅇㅇㅇ님은 259번째 대기자입니다. 응? 259명만 떨어지면 우리 막내 합격이라고? 처음 입시를 겪는 나는 대기자가 희망이 있는 줄 알았다. 그런데 259명이 어떻게 포기하고 떨어질까? 이 말은 불합격과 같다는 것을 그 이튿날 하루에도 몇 번씩 해당 대학 사이트를 들어갔다 나왔다 하면서 깨달았다. 우리 아이 손이 부르트도록 열심히 그렸는데. 최선을 다했는데 웬만하면 좀 붙여주지. 내가 서울대를 바란 것도 아니잖아……. 별별 생각이 다 들었다. 퇴근하고 예쁜 우리 막내를 어떻게 위로해 줘야 할까. 나보다 먼저 속상함을 참고 있을 너임을 내가 아는데. 또 마음을 다잡고 다음 학교 시험 치르러 가야 할 막내. 이 순간은 아무 생각이 나지 않았다. 두 번째 시험은 지방대학이어서 더 힘들었다. 전날 가서 근처 펜션에서 자고 아빠가 함께하였다. 아이는 내게 옆에서 걱정하고 자기보다 더 긴장할 것 같다며 따라오지 말았으면 한다고 했다. 집에서 혼자 기도했다. 기도를 그때만큼 집중해서 열심히 한 적이 있었을까. 그러나 결과는 불합격.

마지막 세 번째. 이젠 물러설 곳도 없다. 실기시험이기에 아이의 몸과 마음의 상태를 잘 조절해야 함이 관건이었다. 코로나까지 심하던 때라 엎친 데 덮친 격으로 조심할 것은 많고 두 번의 경험을 미루어볼 때 아이가 건강하게 시험을 무사히 치르기만을 바랐다. 다행히 아이는 침착하게 끝까지 잘 치르고 집으로 돌아왔다. 이제 발표일까지는 시간 싸움이다. 내색하지 말고 챙겨주기. 이것에만 집중했다. 그러나 마음은 초조했다. 다른 아이들에 비해 늦게 시작해서 집중해온 시간들이 하나하나 눈앞에 그려졌다. 그 시간 동안 우리 가족은 하나였다. 남편도 고된 회사생활을 마치고 밤 10시에 입시 미술 학원이 끝나는 아이를 기다렸다가 항상 아이를 살피며 집까지 함께 했다. 다행히 아빠도 막내도 먹는 것을 좋아해서 맛있는 야식을 즐기며 긴장을 잠시 내려놓았던 몇 달. 아빠의 마음이 아이에게 분명 전달되었을 것이다. 운전 실력이 모자란 나는 아침에만 아이를 학원에 데려다주는 것으로 힘을 보탰다. 이제 그 시간의 결과가 나오는 순간을 기다리고 있었다. 하루하루가 왜 그리도 더디게 가던지…….

드디어 결전의 날. 두 번의 악몽 같은 순간들을 겪었던 나로서는 직접 확인하고 싶지가 않았다. 그래서 막내에게 확인하고 바로 알려달라고 했다. 만약 불합격이면 우리 생각해놓은 거 있으니까 괜찮다며 아이를 위로했다. 내가 알아보자니 떨리고 아이가 바로 알려주지 않을 것 같아서 그렇게 당부를 해 놓았다. 갑자기 울리는 문자 알림 소리. 또 이 와중에 무슨 광고 문자일까……. 하며 핸드폰을 열고 확인을 했다. 이건 뭐지? 막내가 마지막 시험을 본 대학교에서 온 문자였다. 그 문자를 다 확인하기도 전에 택배가 도착했다. 정신이 하나도 없었다. 택배를 열어보니 'OO대학교 입학을 축하합니다'라는 종이에 큼지막한 글자. 이건 뭘까? 첫째 아이는 다른 전형으로 대학을 갔기에 모든 절차가 익숙지 않은 와중에 온 택배. 나는 일단 해당 대학교에 전화했다. 그리고 묻고 또 물었다. 우리 아이 이름은 OOO인데요 저는 엄마입니다. 이런 축하 문자와 택배를 받았는데 이게 지금 발표 전이라 합격한 것이 맞나요? 그렇단다. 택배가 조금 일찍 도착했네요. 발표시간에 맞춘다고 맞춘 건데 조금 미리 도착한 것 같습니다. 맞습니다. 합격을 축하드립니다. 우리는 기쁨을 두 시간 뒤로 잠시 미뤄두고 발표를 기다렸다. 수험번호와 이름을 넣고 엔터.

합격. 이 두 글자가 그렇게 고맙고 귀할 수가 있을까. 멍해서 실감이 나지 않았다. 아이는 1년 반 만의 미술 공부로 대학에 갈 생각을 했다. 아이가 이것을 원하고 있다는 마음을 읽고서 나는 나서서 아이를 지지했다. 주변에서 너무 늦었다고 다들 말리는 분위기였지만 나는 한 번 사는 인생 내가 평생을 해도 질리지 않는 것을 하고 살아야 한다는 것을 몸으로 느낀 사람이고 나도, 아이들도, 내가 아는 그 누구도 그렇게 살기를 바라기에 전폭적으로 응원했다. 6개의 대학을 지원할 수 있었지만 넣을 수 있는 대학은 세 군데였다. 돈도 돈이지만 매 순간 아이가 집중하는 모습에 감사했다. 이 힘든 시간 동안 나는 하루도 감사 일기를 놓지 않았다. 속상한 건 속상한 거고 하루에 그 일만 있었던 것은 아니니 하루하루에 집중했다. 밤늦은 시간에도 아이는 아빠와 사 온 치킨을 함께 즐거워하며 먹으니 감사했다. 아빠는 아빠대로 회사 일로 늘 힘들고 아이와 대화할 시간조차 없었는데 아이를 밤늦게 픽업하면서 아이를 이해하고 어느새 나보다 더 아이 편이 되어있었다. 아이는 아빠의 응원을 등에 업고 자신감이 갈수록 더해감에 깊은 감사를 드렸다.

세 번의 합격 발표를 기다리는 시간은 지금 생각해도 긴장이 될 정도로 다시는 생각하고 싶지 않다. 하지만 많은 시간이 지나가는 동안 그래도 감사 일기를 손에서 놓지 않은 것 하나는 정말 잘했다고 생각한다. 두 번의 불합격 그 시간 동안 우리 가족은 막내를 중심으로 하나의 마음으로 똘똘 뭉쳤고 서로 더 돈독해질 수 있었다.

나는 미래감사일기에 최고의 대학에 합격하게 해달라고 쓰지 않았고 우리 아이가 원하는 그림을 그릴 수 있게 해달라고 썼다. 아이가 원하는 대학에 갑니다. 즐겁게 그림을 그립니다. 라고. 어느 순간부턴가 내 일기에는 나의 욕심은 없다. 다만 주변 사람들이 무탈하고 행복하기를 바라는 마음을 현재와 미래의 감사로 쓸 뿐이다. 욕심이 없으면 성공하지 못한다고 말하는 이들도 있다. 나는 진심이면 된다고 본다. 어느 곳에서 어떤 일을 하든지 진심. 감사하는 마음으로. 삼세번의 경험으로 마지막 합격이 이보다 더 감사할 수 없는 최고의 순간이 되었음에 무한 감사드린다. 감사합니다.

감사 일기를 쓰는 동안 최악의 하루는 최고의 하루로 바뀌었다. 아이는 즐겁게 하고 싶은 그림을 그리며 고민 없이 자기의 길을 행복하게 가고 있다. 내가 감사 일기를 사랑하는 또 하나의 이유다.

사람 때문에 스트레스 받지 않습니다

이자람

　대부분의 사람은 주변의 사람들과 함께한다. 집에서는 가족과 함께하고, 일터에서는 일하는 사람과, 친구들과 만나서 시간을 보낸다. 하지만 아무리 친하고 가까운 사이여도 나와 같을 수는 없을 터. 나와 타인은 아무리 가까운 사이더라도 다른 우주의 사람이다. 살아온 환경과 가치관과 생각이 모두 다르기에 매 순간 잘 맞을 수 없다. 이렇게 다양한 사람과 사람 사이에서 살고 있는데, 우리는 얼마나 사람 사이에서 스트레스를 받고 살고 있을까? 수업과 코칭을 하다 보면 초등학생부터 50대까지 다양한 나이대의 사람들과 속 깊은 이야기를 나눈다. 대부분의 사람은 어떤 외부환경에 의해서 스트레스를 받고 있고, 대부분은 가까운 사람들에 의해 스트레스를 받고 힘들다는 이야기를 털어놓는다. 사람으로 인해서 위로받고 힘 내고, 행복을 느끼면서 또 사람에게서 스트레스를 받고 힘들어하는 그런 존재가 바로 사람인가 보다.

학생들을 지도하다 보면 눈에 띄게 실력을 향상해 주고 싶은 욕심이 생긴다. 그로 인해서 수업이 빡빡하게 진행되고 숙제도 많게 되니 학생들이 힘들어하는 경우가 생긴다. 이럴 경우, 학생도 힘들 겠지만, 선생님의 입장도 쉽지 않다. 제일 힘든 것은 마음이다. '왜 안 되는 걸까?' '내가 뭘 잘못하는 걸까?' 실력이라는 것은 본인이 늘고 싶다고 느끼는 것이 아니고, 선생님이 아등바등하며 잔소리한 다 해서 향상되는 것이 아니라는 것을 나도 알고 있고, 많은 부모님 도 알고 있을 것이다. 하지만 마음대로 되지 않기에 힘든 것이다. 또 하나의 어려움은 소통으로 인해서 스트레스를 받는 것이다. 나이가 어린 초등학생이나 사춘기의 중학생 고등학생과 수업을 하다 보면 소통이 잘되는 친구들도 있지만, 대답을 잘 안 하거나 말을 안 들어 서 답답하고 힘들기도 한다. 왜 대화를 거부하는 것일까, 수업이 싫 은가? 수업하는 입장에서 나만의 지레짐작으로 학생의 눈치를 보면 서 대화를 시도하기도 하고, 무거운 마음을 가진 채로 수업을 하기 도 했었다. 그런 어려움이 있음에도 늘 진심을 다해서 수업을 했다.

감사 일기를 쓰면서 가장 많이 등장하는 소재는 가족과 내 학생 들이다. 특히 학생들의 이야기를 쓰다 보면 '이 친구가 성실하게 수 업을 해줘서 고맙습니다.' '연습하지 않아서 힘들었을 텐데, 성실하 게 수업에 임해줘서 감사합니다.' '손이 작은 아이인데, 열심히 노력 해서 본인의 단점을 극복할 수 있어서 감사합니다.'라는 내용을 쓴다. 저녁에 집에 와서 감사 일기를 쓰면서 학생들 하나하나의 얼굴을 떠올려본다. 그리고 유난히 나를 챙겨주시고, 친절하게 대해 주시는 학부모님의 얼굴도 생각난다. 학생 하나하나 고마울 수밖에 없고, 스승과 제자라는 귀한 인연으로 만났기에 더 행복했고, 모든 아이에게 고마웠다. 과거에는 수업에 적극적이지 않은 친구들이 나와의 수업을 싫어할 것 같다는 걱정이 앞섰다. 그래서 나 역시 대화도 소극적으로 시도하고, 그 어린이들과 친해지는데, 어려움이 있었다. 하지만, 감사 일기를 쓴 이후, 그 친구와의 인연에 감사하며 수업을 하다 보니, 내가 적극적으로 바뀌었다. 유치한 개그도 하고, 다양한 일상도 물어보았다. 아주 작지만, 반응이 보였고, 가끔은 미소도 지어주었다. 감사하다 생각하면서 다가가려고 노력하니까 눈에 보이는 것뿐 아니라 그 친구의 마음에 더 다가갈 수 있었다.

감사 일기로 인해서 단단해진 나에게 가슴 깊이 남는 친구가 하나 있다. 스승과 제자라는 인연은, 만나는 것이 쉽지 않지만, 생각보다 끊어지기는 매우 쉬운 인연이라는 것을 다년간 이 일을 하면서 느꼈다. 특히 학생이 어려서 개인적으로 연락을 하지 않는 경우에는 더욱 끊어지기 쉽다. 이 일을 처음 시작하고 나서는 예기치 않은 이별을 하게 되면 마음이 매우 아팠다. 혼자 울기도 하고, 이별이 어떤 이유인지 알 수 없을 때는 많이 속상했다. 나는 최선을 다했는데 이렇게 쉽게 끊어질 인연이면 왜 이렇게 헌신했을까? 바보

같은 내 모습에 헛웃음이 나오기도 했다. 이런 일이 자주 있으면 익숙해지겠지만, 이런 일은 몇 년에 한 번씩 있는 일인지라, 익숙해지지도 않았다. 학생 한 명과 헤어지면 1주 넘게 힘들어하는 나를 바라보고 있자니, 참 우스웠다. '그저 한 명의 선생님에 불과할 뿐이야.'라고 생각하면서 털어내려 노력했다. 그리고 의도적으로 슬퍼하지 않기 위해 학생에게 너무 많은 마음을 주지 않으려고 애썼다. 나를 지키기 위해서 어쩔 수 없었다. 과거의 나는 그랬었다. 하지만 감사 일기를 쓰면서 생각을 했다. 나는 어떤 사람이 되고 싶은 것일까? 어떤 스승이 되고 싶을까?

과거에는 학생의 마지막 피아노 선생님이 되고 싶었다. 그 목표는 내 위주의 목표였다. '그래, 학생에게 좋은 선생님이 필요할 때 그 자리에서 최선을 다해서 알려 주는 게 좋겠어. 그 자리가 나의 자리야. 그러니까 이별한다고 해도 슬퍼하지 말자. 다 이유가 있고, 다 때가 있는 거야.'라며 혹시 모를 이별에 늘 단단해지자고 다짐했다.

매일 확언을 쓰고, 감사 일기를 쓰며 긍정과 감사 에너지로 나를 가득 채워 가고 있을 무렵. 어린 시절부터 긴 시간 봐와서 정이 많이 들었던 학생의 학부모님께서 갑자기 수업을 진행하지 못하겠는 이야기를 전했다. 물론 내가 연락한다면 학생과 문자로 이야기 나눌 수 있겠지만, 쉬운 일은 아니다. 작별인사도 못하고, 그동안 아이에게 받았던 고마움을 한마디도 전하지 못한 채 그냥 그렇게 더 볼 수 없는 사이가 되었다. 그렇게 다지고 다졌지만, 정말 많이 힘들었다. 그날 저녁 나는 그 친구에 대해서 감사 일기를 썼다. 'A 학생과 지금까지 인연을 이어올 수 있어서 감사합니다. 나를 만나서 음악을 사랑하는 친구로 성장할 수 있어서 고맙습니다.' 일기를 써 내려가는데 마음이 아팠다. 함께한 시간이 너무 행복했기 때문에. 하지만 감사 일기가 있기에 견딜 수 있었다. 상처를 받거나 나 자신에게 화가 나기보단, 과거의 행복한 시절을 떠올리며, 보고 싶긴 했지만 웃을 수 있었다. 그렇게 그저 예쁜 추억으로 마음속에 저장되었다. 그리고 지금도 종종 그 친구와 찍은 사진을 보며 미소를 짓는다.

감사 일기는 이런 어려운 상황에 마주하게 될 때, 내가 견딜 수 있는 힘을 만들어주었다. 예전에 나였다면 더 힘들어하고 아파했을 법한, 많은 상황을 감사 일기를 쓰는 동안에도 마주하곤 했다. 그런 순간들이 덜 힘들게 지나가게 된다. 특히, 다른 사람이 의도 없이 하는 행동이나 말 한마디에 의미를 부여하지 않게 되었다. 모든 생각이 내 위주로 돌아가다 보니, 사람에게 상처받지 않는 것. 내가 원하는 대로 상황을 만들어 간다는 것. 나 아닌 타인으로 인해서 상처받지 않는다는 것. 바로 내가 감사 일기를 통해 가장 많이 바뀐 점이다.

4

하루 두 번, 감사를 실천하다

최서연

대부분의 사람들은 하루를 돌아보는 기록으로 밤에 일기를 쓴다. 줄리아 카메론은 《아티스트 웨이》에서 아침 일기는 정신을 닦아주는 와이퍼라고 했다. 팀 페리스는 《타이탄의 도구들》에서 아침 일기는 현재 처한 상황을 정확히 파악하는 데 도움이 되고, 원숭이처럼 날뛰는 정신을 종이 위에 붙드는 행위라고 했다.

감사에 관련된 여러 책을 읽고 나만의 양식지를 마인드맵으로 만들었다. 아침에는 하루를 계획하고, 어떻게 살아야 할지 깃발을 꽂는 작업을 했다. 저녁에는 아침에 목표한 대로 잘 살았는지 돌아보는 피드백을 했다. 어떻게 하루에 두 번씩이나 일기를 쓰냐고 질문을 받았던 적도 있다. 휴대폰을 보는 시간 중 5~10분 정도만 줄여도 충분히 가능한 일이다.

2019년부터 감사 일기 양식지를 만들기 시작했다. 감사 일기 30

일 습관 프로젝트를 천 명 이상의 사람들이 참여했다. 일기를 상품으로 제작해서 5000권 이상 판매했다. 일 년에 한두 번씩은 중고등학교에서 감사 일기를 대량으로 구입해서 아이들과 쓰는 곳도 늘고 있다.

<감사 일기 리뷰>

"실속 있는 구성이에요. 생각하는 시간을 가질 수 있어 좋아요."

"제가 써보고 좋아서 선물용으로 또 샀어요."

"감사 일기 초보인데, 구체적으로 작성할 수 있는 내용이라 도움이 돼요."

"친구가 추천해줘서 구입했어요."

"가격도 착하고 휴대하기 좋은 사이즈예요."

네이버 스마트 스토어에 고객들이 작성해 준 후기다. 나 혼자 쓰던 감사 일기에서 수천 명이 함께 쓰는 양식지가 됐다. 이 또한 감사할 따름이다.

처음 작성하는 경우 방법을 알면 도움이 되기에 간단히 소개하려 한다. 감사 일기는 아침과 저녁으로 두 번 나눠서 적는다. 아침 일기는 첫 번째, 〈오늘의 기분〉부터 적는다. 있는 그대로의 내 상태를 알아차리는 과정이다. 두 번째, 〈꿈 리스트 하나 적기〉이다.

2016년부터 꿈 리스트를 적기 시작했고, 매해 이루는 개수가 많아지고 있다. 단기간에 이뤄야 할 목표가 있으면 매일 반복해서 적어도 좋다. 내 경우엔 그날 아침 기분에 따라 떠오르는 꿈 리스트를 적기도 한다.

위의 두 개는 하루를 시작하기 전, 잠을 깨는 과정이다. 세 번째는 〈내가 감사하게 여기는 것〉을 세 개 정도 적는다. 초보자가 가장 어려워하는 부분이다. 현재 가진 것에 대한 감사를 적는 것부터 시작해보면 좋다. 더 쉽게 말하면 지금 눈앞에 보이는 것부터 감사하면 된다. 남의 떡이 커 보인다고, 다른 사람과 비교하면서 "왜 나는 가진 게 없지?"라고 자책했던 불안감이 사라졌다. 신체의 건강을 감사해도 좋고, 밤사이 아무 일 없이 자고 일어난 것을 감사해도 된다.

네 번째는 〈오늘 가장 중요한 일〉을 적는다. 나는 일정 관리를 따로 하고 있지만, 이 부분을 건너뛴 적은 없다. 한 번 더 적으면서 하루의 우선순위를 정하는 중요한 시간이다. 다섯 번째는 〈오늘의 다짐 한마디〉다. 일상을 시작하기 전 주먹을 불끈 쥐고, 가슴을 쫙 펴고 자신에게 힘을 주는 말을 적으면 좋다. 긍정 확언이나 성경 구절을 필사해도 된다. 오 분이면 아침 일기를 적기에 충분한 시간이다.

저녁 일기는 3가지로 구성했다. 첫 번째는 〈오늘 내가 잘한 일〉이다. 일기를 적기 시작하면서 저녁마다 넋두리를 적고, 남 탓만 했다. 안 되겠다 싶어서 저녁에는 I & YOU 콘셉트로 잡았다. 하루를 잘 살아온 나부터 칭찬 샤워를 듬뿍 해주는 거다. 인정 욕구가 많아서 타인에게 잘 보이려고 했다. 나부터 나를 사랑해주는 자기 사랑을 실천해보자. 두 번째는 〈오늘 감사한 사람〉을 적는다. 나를 도와준 사람에게 감사의 마음을 전하면 된다. 어떤 날은 점심때 맛있는 밥을 내어 준 식당 주인, 새벽에 택배를 배송해 준 기사, 안부 인사를 전해 준 친구 등을 적다 보면 나만의 하루가 아니었음에 놀란다. 겸손해진다. 무수한 사람들의 도움으로 하루를 살아낸 것이다.

세 번째는 〈오늘 읽은 책 중 가장 인상 깊은 구절〉을 적는다. 책을 매일 읽지 않는 사람도 책장에 잠자고 있는 책 한 권을 꺼내서 한 페이지라도 읽었으면 하는 마음에 만든 양식이다. "저는 독서노트를 따로 써서 이 공간을 활용하지 않아요."라는 분도 있었다. DIY처럼 나한테 맞게 바꿔도 괜찮다. 그날 봤던 영화에 대한 리뷰, 성경 필사, 영어단어 암기, 확언, 가계부 작성 등 뭐든 좋다. 저녁 일기는 삼 분이면 적는다.

나는 아침과 저녁에 감사를 실천하고 있다. 하루에 두 번, 기록의 힘을 믿고 글의 씨앗을 뿌린다. 오늘 저녁 감사 일기에는 이 책이 세상에 나오도록 도와준 분들의 이름을 적어야겠다.

"감사하다고 말하는 것은 예의 바르고 기분 좋은 것이며, 감사하는

마음을 실천하는 것은 마음이 넓고 고귀한 것이다. 하지만 감사하

는 마음으로 살아가는 것은 하늘에 닿는 일이다.”

– 요하네스 A. 게르트너

🌸 책 먹는 여자의 감사 일기 주문

네이버 스마트 스토어 <더빅리치 컴퍼니> 검색

샘플 양식지 책 뒷면에 첨부

🌸 추천 책

평생 감사(전광, 생명의 말씀사, 2007)

매직(론다 번, 살림Biz, 2012)

5

지푸라기라도 잡는다는 심정으로

홍예원

2017년 6월의 어느 날, 문상을 갔다. 상주로 서 있던 30대 중반의 아이들 아빠, 그리고 우리 큰아이와 동갑내기인 초등학교 4학년의 예쁜 여자아이가 어리둥절한 표정으로 우리를 바라보고 있었다.

또 상복을 입히지는 않았지만, 엄마를 잃은 다섯 살쯤 되어 보이는 어린 막내딸은 영정 사진 앞에서 풍선을 들고 웃고 떠들며 놀고 있었다. 그 모습을 보고 너무도 가슴이 아려왔다. 지인은 유방암으로 고생하다가 전신에 전이가 되어 결국 하나님의 부르심을 받고 떠났다.

그 후, 나는 조직검사 결과를 보러 병원을 갔다. 봄부터 시작된 목감기로 계속 약을 먹어도 차도가 없었다. 첨엔 목감기, 나중에 후두염이라고 하여 그런 줄 알았다. 그러다 우연히 내과를 방문하게 되어 상황을 말씀드리고 치료를 받으려 했는데, 선생님께서 나의 증상을 다 듣고 말씀하시기를 "갑상선 검사를 하신 적 있나요?" 물으셨다. 사실 난 한 번도 검사를 받은 적이 없었다. '갑상선'이라는 단어도 생소하다면 생소한 그런 느낌. 선생님께서는 한쪽 목의 검진을 하시며, 검사를 해보는 것이 좋겠다 하여, 조직검사를 한 사이, 얼마 되지 않아 지인의 부고를 받게 된 것이다.

결과를 기다리는 시간은 멈춘 듯 지루했고, 나의 차례를 기다리며 '별일 없을 거야!' 했지만, 설마 하는 생각에 검사 할 때보다 더 떨렸다. 드디어 나의 순서가 되어 호명되었다. 신랑과 나는 긴장한 상태로 선생님 앞에 앉았다. 컴퓨터를 유심히 바라보시던 선생님은 "암이다, 임파선 쪽으로도 전이가 된 듯 보인다. 혹의 크기도 크고 모양도 좋지 않다." 큰 병원을 가서 수술을 받으라고 권하시며, 예약을 잡아주셨다. 사실 그때까지도 뒤통수를 한 대 맞은 듯 '무슨 소리야? 내가?' 믿어지지 않았다. '어떻게 감정도 없이 조금의 망설임이나, 마음의 준비도 없이 나에게 가혹한 말씀을 하시지?' 순간 화가 났다. "검사가 제대로 된 것 맞아?" 소리쳤다. 신랑도 아무 말을 하지 않았다.

한참, 차를 타고 돌아가는 길에 신랑은 "괜찮아, 별문제 아닐 거야!" 갑상선 암은 흔하고, 수술하면 다 나을 수 있다며 나를 위로한다고 혼잣말하듯 중얼거렸다. 아무 말도 들리지 않았다. 문상 갔던 날이 떠올랐다. '아이들은?, 우리 두 아들!' 나의 큰아들은 4학년, 이제 막 15개월 차 되는 나의 막둥이 아들의 얼굴이 떠올랐다. 나도 모르게 눈물이 주룩 흘러내렸다.

엄마가 전화를 주셨다. 결과가 궁금하다 하시는데, 나는 아무 말도 할 수가 없어서 신랑에게 전화기를 주고 말았다. 두 사람의 대화 소리를 듣고 난 후, 신랑은 전화기를 다시 줬다. 엄마는 "괜찮아! 넌 엄마잖아! 울지도 말고, 강하게 마음을 먹어라, 하나님께 기도하자!, 하나님께서 우리 딸을 얼마나 사랑하시는지 알지?." 라며 눈물을 삼키시는 엄마의 목소리를 느낄 수 있었다.

나를 데려다주고, 신랑은 출근했다. 큰 아이는 학교에 갔고, 막둥이와 둘이 집에 있게 되었다. 일도 손에 잡히지 않았고, 조직검사 결과가 궁금한 가족들이 차례차례 전화가 오기 시작했다. 괜찮은 척, 아무 일 없는 척, 담담히 대답하다가 눈물이 흐르기 시작했다. 더는 아무 전화도 안 받았다. 그리고 막둥이를 안고, 하염없이 울었다. 엄마가 울어도 방긋방긋 미소 짓고, 말이 조금 늦었던 아이는 '왜 우냐?'는 듯 쳐다보며, 작은 엄지손가락으로 흐르는 눈물을 따라 만져주었다. '우리 막둥이 도원이는 엄마를 기억하지 못하겠구나!' 엄마가 41살이라는 나이에 너를 낳아 기쁘고 행복했는데, 지금은 '너에게 너무 무책임하고, 미안하고, 어떻게 하면 좋을까?, 우리 두 아들은 다 키워놓고, 하나님 곁에 갈 수 있으면 좋겠다', 너희들이 사춘기만 지나고 떠나면 좋겠다'라는 간절한 소원을 바라며, 목 놓아 울었다. 한참을 혼자 울다 지쳐 잠이 들었던 듯싶다. 막둥이 도원이도 내 옆에서 곤히 잠들어 있었다. 잠든 아이의 얼굴은 평안하고 천사의 모습 같았다. 이 모습을 눈감아도 잊지 말아야 할 텐데. 순간순간의 모든 모습을 다 담고 싶은 욕심까지 생겼다. 큰아들 동현이에게 어떻게 무엇이라고 설명할지 고민하다 하교 전, 세수하고, 아무 일도 없다는 듯 아이를 맞이했다. 다음날, 친정 부모님은 딸이 힘들까 봐 큰아들을 돌봐 주시겠다며 데리고 가셨다. 걱정하지 않는 듯, 괜찮은 듯, 서로 어색한 행동을 하며, 모든 상황이 싫고 힘들었다. 매일 밤 나는 한없이 흐르는 눈물을 주체할 수 없었다. 그 모습을 지켜본 신랑은 나한테 화를 냈다. "울긴 왜 우냐! 마음을 단단히 갖고, 긍정적으로 생각해야 건강해지지. 언제까지 울기만 할 거냐?"며 그래도 나는 계속 눈물이 나고 더 서럽기만 했다. 그렇게 일주일 정도 울며 시간을 보냈다.

그리고 눈을 감고 기도를 했다. 처음엔 원망의 소리도 하고, 서럽기도 하고 우리 아이들과 부모님의 기도로 시작했다. 한참을 기도하다, 문득 나의 마음이 차분히 가라앉았다. 그리고 이 상황들을 담대히 받아들이고 혹여 주어진 시간이 짧더라도, 후회 없는 하루하루 보내게 지혜를 허락하시고, 모두가 상처가 되지 않게 해달라고 간절한 마음으로 매일 기도를 했다.

그리고 노트 한 권을 찾았다. 먼저, 나의 아이들에게 해줄 말들을 적기 시작했다. 내 나이 만 40세, 살아온 나의 삶을 보며, 지혜가 필요했던 일, 꼭 부모에게 말하지 못해 더 힘들었던 일, 그리고 스스로 당당하게 살아갈 수 있도록 꼭 배움에 끈을 놓지 말라고 등 많은 당부의 내용과 남은 시간 동안 엄마가 성실하게 너희를 돌보고, 멋진 추억을 남겨줄 것이라고, 약속하며 다짐했다. 아픈 모습으로 기억하지 말고, 늘 웃음 많고 씩씩했던 엄마의 모습을 그대로 간직해주길 바라는 마음도 남겼다. 간절한 마음으로 기도로 글로 웃고 울고 가슴 아린 시간을 보내고 있었다.

임파선 전이로 인해, 또 다른 장기에 전이가 있는지, 검사를 하고, 수술일정을 기다고 있다 보니, 다시 불안한 마음이 찾아왔다. 그리고 그동안 이 핑계 저 핑계로 미룬 안부 전화를 가족, 친구, 친척 등 지인들에게 했다. 매일 걱정보다는 알찬 시간을 보내기 위해 아이들과 더 많은 대화를 했고, 말이 서툰 막둥이도 늘 나와 더 눈을 맞추며, 소통하는 시간을 보내고 있었다. 아이들의 웃음소리가 커질 땐 더 살고 싶고, 더 가슴이 미어지고, 안타까움이 가득했다. 흐르는 눈물을 꾹꾹 참아야 했다. 밤마다 붙들고 있던 필사의 시간이 점점 늘어 갔다.

눈을 뜨는 아침에도, 마음이 답답하고, 우울함이 찾아올 때도, 아무 때나 나는 필사를 했다. 매 순간 종이와 펜을 붙들었다. '나는 행복하고, 소중한 사람이며, 멋진 사람이다.' 횟수는 정해두지 않았지만, 집중하며 글을 썼다. 그리고 매일매일 감사의 문장도 적었다. 감사의 글을 적을 때마다 하루라도 더 감사한 시간이 나에게 허락될지도 모른다는 간절한 희망을 붙들 수 있도록 만들어주었다. 그래서 더 집착하며, 감사한 일에 몰두하며, 감사도 전하고, 필사를 놓지 않았다. 종이의 칸이 채워지면 질수록 나의 마음의 평안함이 찾아왔고, '나의 하나님께서 나의 모든 상황을 주관하시고, 지켜주시리라는 믿음을 허락하심에도 감사한다'라는 글귀를 내 손으로 적고 있었다.

드디어 입원하는 날, 나는 나를 지켜 줄 노트를 베갯속에 넣어 두었다. 엄마가 보게 될까, 꼭꼭 숨겼다. 그때는 아무에게도 보여주고 싶지 않았다. 그렇게 수술하고, 퇴원하고, 일상으로 돌아왔다. 그 비밀 노트를 숨겨 놓은 체, 까맣게 잊고 살고 있었다. 나는 다시 우울증과 대인기피증으로 힘든 시간을 보내며, 몸도 마음도 무너지고, 소중한 가족과 일상들을 무시한 채로 살아가고 있었다.

우연히 작년 어느 날, 옷장에서 그 비밀 노트를 보게 되었다. 그리고 천천히 한 장 한 장 넘기다 보니, 눈물도 나고, 웃음도 났다. 그때의 간절함과 애태움을 잊고, 불평, 불만으로 가득한 현실이 부끄러웠다. 그리고 나서야, 그때 나를 살린 건, 다름 아닌 비밀 노트 즉, 감사 노트였다는 사실을 깨닫게 되었다. 사실, 나는 감사 노트라는 단어조차도 들어보지도 않은 무지한 상태였다. 그래서 비밀 노트라 불렀고, 지푸라기라도 잡고 싶은 심정으로 구구절절 감사한 마음을 기록하고, 행동하고 있던 나의 삶 속의 축복을 다시 마주하게 되었다. 감사가 무엇인지 깨닫게 되었다.

6

더 나은 내가 되기 위해

이경해

자신에 대해 만족한다는 것은 참 어려운 일이라고 생각했다. 자기 계발 분야에 입문해 다른 사람들을 보며 스스로에 대한 자신감이 많이 떨어졌다. 한 달에 몇십 권씩 책을 읽고, 누구에게나 똑같이 주어지는 24시간을 알차게 살아내는 사람들이 너무 많았다. 그동안 가족과 직장을 오가는 것만으로도 충분히 잘 살고 있다고 생각했는데 '우물 안 개구리'였다. 많은 사람들이 다양한 배움을 통해 지식을 가지고 나누는 삶을 살고 있는 현실을 보며 '나는 참 게으른 사람이었다.'는 자책감이 들었다.

처녀시절에는 꿈이 많았다. 꿈이라기보다는 호기심과 하고 싶은 일이 많았던 '하고잡이'였다. 시작은 하는데 끝맺음이 흐릿했다. 시간이 없음을 내세웠고 현실에 안주했다. 어린이집이라는 한정된 공간에서 아이들과 지내는 일상이 10년이 넘어갈 무렵, 벗어나고 싶다는 생각을 했다. 점심시간이면 사무실에서 벗어나 점심을 즐기는 사람들이 부러웠다. 점심메뉴를 고르는 일도 그들만의 특권처럼 보였다. 다람쥐 쳇바퀴 돌 듯 같은 공간에서 같은 일을 하는 게 싫었다. 자유롭게 돌아다니며 일하고 싶었다. 지인을 통해 방문교사에 대해 알게 되었다. 회사에 속해 있지만 돌아다니며 수업을 하고 한 만큼 급여를 받는다는 게 신기했다. 아이들 소음 속에서 하루 종일 지내는 나와 달리 한낮에 커피숍에 앉아 수업자료를 준비한다는 지인의 삶이 부러웠다. 결혼 후 은물을 가르치는 방문교사로 직업을 바꾸었다. 어린이집이 아닌 건물 안으로 출근하는 기분이 설레었다. 자유롭게 돌아다니며 내 시간을 가질 수 있다는 기대감으로 머릿속에는 행복 회로가 가득했다. 그렇게 나는 더 나은 내 인생을 만들어 보고자 어린이집을 그만두고 새로운 일을 시작했다. 앞으로 펼쳐질 어려움은 꿈에도 몰랐다.

프뢰벨이 고안한 은물은 학교 시절부터 관심을 가졌던 프로그램이다. 교구를 이용해 언어, 수, 과학, 미술, 음률 등 다양한 분야의 원리를 쉽고 재미있게 알려 줄 수 있다. 학습 연령 또한 신생아부터 초등학교 저학년에 이르기까지 폭넓었다. 수습 기간 동안 은물에 대한 기초와 교육기술, 학부모 상대하는 법을 배웠다. 그리고 수업에 따른 배당금이 얼마인지, 일정 급여를 벌기 위해 몇 개의 가정을 배당받아야 하고, 교재를 얼마 팔아야 하는지에 대해서도 교육을 받았다. 낯가림이 심한 내가 과연 '잘 해낼 수 있을까?' 의문이 들었지만 세상 물정 모르던 나는 초고속 승진과 대박 신화를 꿈꿨다. 수업을 시작하기도 전부터 자신 만만했다. 당시 나는 최고의 선생님이 될 수 있다는 확신만 가졌다. 나의 소극적 성격과 낯가림에 대해 대비를 하지 않았다. 아무 생각 없이 앞만 보고 직진했다.

첫 달은 큰 문제가 없었다. 별다른 영업 없이 배당 가정이 주어졌고 수업 준비와 방향도 선배들이 알려주었다. 소형차이지만 사랑하는 애마가 있었고 좋아하는 음악을 들으며 지역을 이동하는 시간은 그 자체로 행복이 되었다. 문제는 수습기간이 끝난 직후부터 시작되었다. 상품이 새로 출시되면 교육을 받고 상품을 부모들에게 소개해야 한다. 소개로 등록되는 만큼 수수료가 책정된다. 영업 실력이 제로에 가까운 나는 회사의 눈치를 보게 되었다. 거기에 부모의 소개로 관리하는 가정이 늘어나는 동료들에 비해 늘 제자리였다. 아니, 오히려 이사 등으로 인하여 회원 수가 점점 줄어갔다. 수업 시간표 사이사이 쉬는 시간이 많아졌고 그럴수록 퇴근 시간은 더 늦어졌다. 자유롭고 싶어서 택한 직업인데 점점 더 나의 시간이 없어져 갔다. 갑자기 수업이 펑크 나서 차 안에서 기다리는 시간이 많아졌다. 시간을 허비하기 싫어 책을 읽기 시작했다. 책의 제목이 기억나지 않지만 개그우먼 조혜련이 힘들 때 썼다던 세 줄 일기를 알게 되었다. 잠자기 전 감사한 일을 세 줄로 적어라, 마음의 치유와 위로가 될 것이다. 그것은 곧 성공의 길로 이어진다. 고개를 갸우뚱 거리며 생각했다. '세 줄 감사일기로 성공을 하면 개나 소나 다 성공하겠다.' 그렇게 나는 처음으로 알게 된 감사의 기록을 무시했다.

방문 수업의 특성상 저녁 수업이 많아 삶의 여유가 없어졌다. 할 일 없이 멍하게 지내는 오전 시간과 저녁 늦도록 일은 하는 날이 많아졌다. 늦은 퇴근을 싫어하는 신랑과도 자주 다투게 되었다. 점점 더 지쳐갔다. 월급날 통장에 찍힌 숫자는 나를 완전히 무너뜨렸다. '이 길도 내 길이 아니구나' 생각했다. 그 무렵 첫째 아이를 임신했다. 기다리던 아이, 회사에 임신 이야기를 하니 축하와 더불어 난색을 표현했다. 맡았던 수업을 다른 교사에게 다시 배분하는 과정이 쉽지 않았다. 여러 사정으로 바로 그만두지 못하고 6개월을 더 일했다. 수업하는 과정을 태교라고 생각하며 일했다. 마지막 수업을 마치고 인사를 나누며 아쉬워하는 부모님과 아이들 모습에 그동안의 마음고생이 보답을 받는 것 같았다. 그럼에도 집으로 돌아오는 길이 무척 홀가분했던 기억이 생생하다.

아이들 낳고 6개월 무렵 지인의 소개로 어린이집에 취직을 했다. 아이를 낳은 후, 교사로서 마인드가 바뀌었다. 아이들의 마음을 이해하고 수용하는 교사가 되었다. 정해진 일터가 있음을 감사했고 그곳에서 더 나은 나로 성장하기 위해 노력했다. 그렇게 나는 경력 15년을 더 채워 현재도 어린이집 교사다. 나날이 성장하고 싶었는데 늘 그 자리에 머물러 있는 것 같은 답답함이 생겼다. 어린이집을 그만두고 싶은 마음에 자기 계발에 관심을 가졌다.

책을 읽고 감사 일기를 만났다. 몇 년 전 만난 감사 일기에 비해 구체적으로 양식이 가득한 일기였다. 아침에 맞는 감사 일기에는 게으름 치료제의 격언으로 시작하여 오늘의 기분과 나의 꿈 리스트를 적는다. 꿈도 가급적이면 여러 개를 적는다. 단기, 중기, 장기적 꿈을 골고루 적고 잊지 않으려 한다. 적어 놓은 꿈을 이루기 위해 행동하는 나를 만날 수 있다. 하루 세 가지 감사와 오늘의 중요한 일과 확언은 하루를 살아가는 나침반이 된다. "긍정적인 생각과 행동으로 어제보다 더 나은 오늘을 산다." 매일 쓰는 이 확언이 부정적인 생각이 들 때마다 마음을 바꿔주는 효과가 있다. 밤에 만나는 감사 일기는 하루의 피드백 역할을 한다. 제일 잘한 일, 가장 감사했던 사람을 떠올리며 기록하는 일은 하루를 잘 살았구나 생각하게 만드는 효과가 있다. 마지막으로 읽은 책의 한 구절 적기, 여기에 필사하고 싶은 책의 분량을 그날그날 적어 내린다.

그렇게 한 걸음씩 더 나은 나를 만들어 간다. 최근에는 돈에 대한 감사를 한 귀퉁이에 적고 있다. 감사일기로 쌓은 내공이 아직은 높지 않다. 1년이 채 못 되는 신생아다. 감사로 큰 성공을 이루지 못했지만 조금씩 나아지는 마음을 발견하게 된다. 부정적인 부분을 보고 긍정적으로 받아들이려 생각하는 나를 만나게 된다. 도움을 요청하는 누군가에게 기꺼이 도와주려는 마음이 생겼다. 마음이 아픈 사람을 만나면 먼저 위로의 말을 건넬 수 있다. 예전에는 '못해요, 그걸 어떻게 해?'라며 거부하던 마음이 '어떻게 해야 마무리가 될까?' 고민을 한다. 아이들의 장난과 미소가 사랑스럽게 보인다. 아이들의 문제를 염려하는 부모에게 아무 일도 아니다. 자라면서 다 겪는 과정이다. 걱정하지 말라며 위로를 건넬 수 있다. 말보다는 행동으로 실천하기 위해 노력하고 있다. 좀 더 빨리 감사 일기를 접했더라면 좋았을 테지만 지금이라도 실행하고 있음에 감사하다. 왜? 나는 점점 더 나은 내가 될 테니까, 더 나은 나를 위해 앞으로도 감사 일기를 놓치지 않을 것이다.

7

도저히 감사한 마음이 생기지 않을 때조차

김명주

도저히 감사를 찾기 힘들었던 30대부터 감사 일기를 새롭게 쓰기 시작했습니다. 그날의 감정에 따라 썼다 안 썼다 했던 날들도 많았습니다. 할 일이 많고 바쁘다, 몸과 마음이 힘들다는 이유 등으로 쳐다보지 않은 날도 있었습니다. 이랬던 제가 책 먹는 여자 최 서연 작가의 자기 계발 단톡방 bbm(book, binder, mindmap)에서 감사 일기 30일 습관 프로젝트를 1년 넘게 진행하고 있습니다. 기적과 같은 일이지요. 여러 사람과 함께 단톡방에 감사 일기 인증 사진을 올리고 하루를 시작, 마무리하는 프로젝트입니다. 단톡방에 매일 아침 저녁으로 올라오는 따끈따끈한 감사 일기는 마치 '사람 책' 같습니다. 만나는 그 시간이 기대되고 설렙니다. 기다려집니다. 도저히 감사를 찾을 수 없고, 감사한 마음이 생기지 않는다는 분들에게 당장이라도 그 감사 제목들을 알려주고 싶을 정도입니다. 좋은 감사 습관을 함께 다져갈 수 있도록 감사 일기 30일 습관 프로젝트 리더를 맡게 되어 늘 감사한 마음입니다. 감사 일기 습관 프로젝트 리더를 맡지 않았다면 꾸준히 써올 수 있었을까 싶습니다. 잠시 500일 넘게 써온 감사 일기 노트를 꺼내어 읽어봅니다. 한 귀퉁이에 새롭게 깨달은 내용을 적어보기도 합니다.

'감사 일기 30일 습관 프로젝트'를 운영하다 보니 개인적으로 질문을 주시는 분들이 계십니다. 답변하기 어려운 질문을 받기도 합니다. 많이 받는 질문 중의 하나가 '감사하기 힘들 때는 어떻게 하나요?'입니다. 도저히 감사하기 힘들고, 감사할 수 없을 때가 저 또한 많았습니다. 감사하면 좋다는 것은 누구나 알고 있고, 감사를 통해 행복해지고 싶고, 감사를 습관화하고 싶은데 감사할 수가 없는 상황. 무척 속상하지요. 독자님도 겪으셨을지 모르겠습니다. 지금도 가끔 겪고 계실지도 모르겠네요. 도저히 감사할 수 없고, 도무지 감사할 마음이 생기지 않을 때조차 감사할 수 있게 된 작은 경험을 나눠보고자 합니다.

첫째, 스스로 자연스럽게 감사를 찾을 때까지 환경설정 하기

혼자 쓰다보니 감정과 환경에 마음이 흔들려 감사 일기를 빼먹은 적도 많았습니다. 쓰다가 말다가 했습니다. 하루 이틀 넘기다 보니 결국에는 귀찮아지고, 쓰기 싫은 날이 자주 생기더군요. 극복하기 위해 최 서연 작가님이 운영하는 감사 일기 30일 습관 프로젝트

를 신청하고 함께 쓰는 감사 일기 방에 들어갔습니다. 계속 반복되는 듯한 감사, 어떻게 감사를 써야 할지 막막했는데 다른 분들의 감사를 통해 감사를 배우고, 발견하게 되었습니다. 비슷한 상황에서 나와 다른 방법으로 잘 헤쳐나간 이야기, 어려움을 통해 감사를 찾은 모습에서 뭉클한 감동을 느꼈습니다. 상황이 어떠할지라도 어떻게든 감사를 생각하게 되었습니다. 얼마나 기분 좋고, 흥분되고, 기쁘던지요. 언제 어디서나 자연스럽게 감사를 찾게 되는 날을 마주하게 되었습니다.

둘째, 과거와 미래에서 감사 찾기

감사가 떠오르지 않고, 감사하기 어려운 것은 많은 경우 현재 상황에 대한 부정적인 생각에서 출발합니다. 불편함, 불안감 등의 부정적인 감정들이 따라옵니다. 이럴 때 과거 속에서 기분 좋았던 일이나 사람, 환경에 대한 감사한 일들을 찾아봅니다. 예전에 써놓은 감사 노트와 좋은 구절을 저장해둔 핸드폰 메모장을 들여다보기도 합니다. 다이어리에 가득한 '하고 싶은 일, 되고 싶은 모습, 갖고 싶은 것들'을 적은 꿈 목록을 들여다봅니다. 이루어진 모습을 시각화합니다. 미리 감사로 다시 채우다 보면 기분이 좋아집니다. 앞으로 잘 될 것만 같은 긍정의 기운을 맞이합니다. 어려운 일도 쉽게 느껴지는 신기한 경험을 하게 되었습니다.

셋째, 평범한 일상에 대한 감사 찾기

계속 생각하고 애써도 감사가 느껴지지 않고, 찾아지지 않을 때가 있습니다. 그럴 때는 '지금 살아있음에 감사합니다', '그저 감사합니다'를 적어봅니다. 이해되지 않아도 '지금의 시간이 좋은 일을 위한 과정임을 믿고 감사합니다'를 적기도 합니다. 가족이나 친구, 이웃, 직장 상사와 동료 등 가까이 있는 사람들부터 주변에서 수고해주시는 분들에 대한 감사를 찾아 써봅니다. 잘 써지는 볼펜 한 자루, 시원함을 주는 선풍기나 에어컨, 맛있게 밥을 해주는 밥솥 등 일상과 함께하는 물건에 대한 감사도 적습니다. 쉴 수 있는 집, 일할 수 있는 직장, 근처에 있는 마트나 편의점 등 장소에 대한 감사를 찾습니다. 맑고 상쾌한 파란 하늘, 활짝 핀 예쁜 꽃, 계절을 알리는 나무 등 환경에 대한 감사도 적어봅니다. 시집에 있는 아름다운 구절을 찾아보기도 합니다. 당연하게 느껴져 스쳐 지나칠 뻔한 사람, 물건, 환경에 감사를 더하니 감사가 풍성해지면서 풍요로운 날들로 바뀌었습니다.

마지막으로 양식이 정해진 감사 노트로 꾸준히 감사 일기 쓰기입니다.

정해진 양식의 감사 노트를 쓰다 보니 무엇을 적을까에 대한 고민이 사라졌습니다. 기상해서 500ml의 따뜻한 물 한잔과 간단한 다이어트 댄스, 플랭크를 마친 후 감사 노트에 '오늘의 기분'과 '꿈 리스트'를 적습니다. 내 기분을 살피며 나를 돌아보는 시간. 여유롭고 평안함을 느낍니다. '꿈 리스트'는 이루어진 모습을 상상하며 씁니다. 기분이 좋아지고, 행복해집니다. 적은 대로 꿈이 이루어진 것을 함께 볼 수 있고, 응원하고 축하해주는 시간을 단톡방에서 가질 수 있어 감사합니다.

이어서 감사하게 여기는 것 3가지를 찾아 씁니다. 아침에 불어오는 향긋한 바람, 가볍게 마시는 커피 한 잔, 먹을 수 있는 빵이나 과일 등 먹을 양식, 지금 감사를 찾는 이 시간 등을 적다 보면 넉넉하고, 풍요로운 마음이 듭니다. 감사할 일들이 연이어 떠올려집니다. '오늘 가장 중요한 일'을 적다 보면 내가 어디에 중점을 두고 있는지가 보입니다. 할 일을 생각하고 메모하는 것만으로도 정리되는 기분이 들고, 잘 처리할 것 같은 자신감도 생깁니다.

끝으로 '다짐 한마디'를 적고 출근을 준비합니다. 현재는 '뜨겁게 나를 사랑한다'에 나온 긍정 확언을 필사하고, 단톡방에 내용을 나누기도 합니다. 퇴근 후 일과를 마치고 나서 잠자리에 들기 전, '오늘 내가 가장 잘한 일'과 '오늘 감사한 사람 이름과 이유'를 적습니다. 잘한 일을 쓰다 보면 뿌듯함과 안정감을 느낍니다. 감사한 사람을 떠올리다 보면 뭉클해지고 부자가 된 느낌입니다. 마지막으로 '오늘 읽은 책 중 가장 인상 깊은 구절'을 적습니다. 책을 안 읽다가도 이 부분 때문에 한 페이지라도 읽고 생각하게 됩니다. 때로는 성경 말씀이나 명언, 뉴스 등을 적기도 하고, 새롭게 알게 된 내용을 정리하기도 합니다. 공유된 좋은 구절에서 지혜를 배우고, 지식을 더하며, 통찰을 얻기도 합니다. 이렇게 날마다 감사로 하루를 의미 있게 지어갑니다. 도저히 감사를 찾지 못했던 때. 도무지 감사할 수 없었던 때와는 거리가 멀어졌습니다.

그럼에도 불구하고 도저히 감사한 마음이 생기지 않을 때, 감사한 마음을 쓰고 싶지 않을 때. 그냥 누워서 중얼거리는 가슴에 품은 구절들을 적어봅니다.

'감사함으로 받으면 버릴 것이 없나니'
'항상 기뻐하라. 쉬지 말고 기도하라. 범사에 감사하라.'
'감사할 수 없을 때 감사하는 것이 진짜 감사'

8

세상에 당연한 것은 없다

이유리

새벽으로 맞춰놓은 알람은 아무런 효력을 발휘하지 못하고 헐레벌떡 일어난다. 큰 호흡을 깊이 내쉬고 하루를 시작해 본다. 워킹맘의 아침은 늘 조바심이 난다. 수시로 시계를 확인하며 미션을 수행한다. 미션을 정확한 시간에 완수하기 위해 꼭 필요한 기술은 바로 "설득"과 "타협"이다. 아이 깨우기, 밥 먹이기, 씻기기, 옷 입히기, 준비물 챙기기, 어린이집으로 향하는 길 놀이터에서 놀고 싶어 하는 아이 설득해서 등원시키기 이렇게 각 단계의 미션을 성공적으로 마쳐야 비로소 난 출근이 가능하다. 미션은 정말 간단해 보이지만 사실은 절대 간단한 것이 아니라는 것을 엄마들은 잘 알 것이다, 그렇게 모든 미션을 완성한 후에 출근길 지하철에 몸을 싣는다. 지하철에서 또다시 숨을 고르고 회사로 들어가는 순간 엄마에서 한 회사의 직원으로 모드 전환하여 업무를 수행하고 퇴근하는 지하철 안에서 또다시 엄마 모드로 전환할 준비를 한다. 그리고 다시 육아 출근이다. 아이들 씻기고, 저녁을 준비하고, 먹이며, 헝클어진 집을 정리 정돈하면 육아의 마지막 코스인 잠자리 책을 읽어주고 나서야 비로소 오늘 하루를 돌아볼 수 있는 시간이 생긴다.

오늘 아침 눈을 뜨며 일어날 수 있었던 것, 전철이 알맞은 시간에 도착했던 것, 아이들과 무사히 다시 만날 수 있었던 것, 그 모든 것들이 당연한 것이 아닌데 평범한 일상은 당연하다고 여기고 살아갈 때가 많다.

아내가 남편을 위해 따뜻한 식사를 차린다. 고맙다고 말로 표현하는 사람은 드물 것이다.(감사하게도 나의 남편은 때때로 감사의 표현을 해주어 이 또한 감사하다) 남편이 차를 운전해 아내를 약속 장소에 데려다준다. 아내는 남편에게 고맙다고 말하지 않는다. 다른 사람이 똑같은 행위를 했다면 "정말 감사합니다. 고맙습니다."라고 했을 것이다. 왜 아내는 남편에게, 남편은 아내에게 고마움을 표하지 않을까? 당연하다고 생각하니 그런 것이다. 그러나 사실은 그렇지 않다. 우리가 당연하게 여기는 일도 그것이 일어나려면 누군가의 정성이 반드시 있어야 한다.

오늘 아침에도 태양이 동쪽에서 떠서 서쪽으로 여행한다. 내 머리 위에는 수많은 별들이 반짝인다. 한번 바다로 나간 파도는 어김

없이 밀물로 되돌아온다. 이 모든 것도 실은 당연하지 않다. 환한 낮을 밝히기 위해 태양은 1억 5천만 km 거리에서 타올라야 하고, 지구는 반시계 방향으로 자전과 공전을 반복해야 한다. 지구와 달이 서로 힘을 주고받지 않으면 밀물과 썰물도 존재할 수 없다. 당연한 현상을 만들기 위해 우주 만물은 한시도 수고를 아끼지 않는다.

나 역시 '감사일기'라는 것을 쓰게 되면서 하루 3개씩을 적는 것을 목표로 2~3개 정도를 적고 있는데, 매일 쓰지는 못해도 하다 보니 당연한 것은 없다는 이치를 진심으로 깨닫게 되었고, 새삼 감사의 중요성에 대해서 더 생각하게 됐다. 인간은 매일 똑같은 일상에서 벗어나 어떤 사건에 직면하게 될 때 새삼 지루한 삶이 얼마나 소중한 것인가를 깨닫는다. 나 역시 그랬다 육아휴직을 했을 때는 아이들과 하루하루 전쟁 같은 날들을 보내며 얼른 회사로 복귀하고 싶다는 생각을 했다가 막상 복직하여 아이들과 시간이 줄어들다 보니 그 시간이 얼마나 값지고 귀한 시간이었는지 느끼게 되었고, 아마 코로나로 인해 예전과는 많이 달라진 지금, 전 세계 모든 사람들이 그에 대해 뼈저리게 느꼈을 것이다. 세상을 바라보는 시선을 바꾸는 것이 혹은 누군가를 바라보는 시선을 조금 달리하는 것이 우리 삶을 얼마나 풍요롭게 만들 수 있는 것인지를 깨닫는다. 당연하다고 생각했던 일들이 당연한 것이 아니었음을 깨닫게 되면서 감사하는 마음이 절로 일어난다. 그러면 쉴 틈 없이 바쁘게 움직였지만,

무엇인가 만족스럽지 못했던 나의 상황에 일할 수 있음에 감사하게 느껴지고, 쉴 틈 없이 엄마를 찾는 아이들의 요구가 귀여운 애교로 생각되는 순간이 오게 되는 것이다. 물론 그렇다고 해서 모든 것을 이해하고 품는 따스한 인간이 되는 것은 아니다. 단지 아주 조금이지만 마음의 여유가 한편 더 넓어졌고 그로 인해 느끼는 행복감이 조금 더 높아졌을 뿐이다.

성경에 '범사에 감사하라'라는 말씀에 대해 되새겨 본다. 감사는 하면 할수록 감사할 거리가 늘어난다.

반대로 불평은 하면 할수록 불평할 일만 생기게 된다.

서두에서 말한 워킹 맘의 아침의 각 미션은 내가 출근해야 하므로 조바심을 가졌던 것이다. 조바심을 두니 마음에 여유가 없었고 설득과 타협이 이뤄지지 않는 날에는 아이들에게 불쑥 목소리를 높여 화를 낼 때도 있다. 만약 내가 출근하지 않는다면 이 흔한 아침 풍경이 '미션'이 아니라 그냥 즐거운 아이와의 '아침일상'이 되었을 수도 있겠다. 생각해 본다. 그렇기에 평범한 일상에 작은 것에서부터 당연한 것이 아님을 기억하며 고마움, 감사한 마음을 적극적으로 표현하여 더 풍요롭고 행복한 삶이 되길 바라본다.

9

잠들기 전 감사 습관이 내일을 바꾼다

안경희

오늘 하루 잘 보내셨나요? 저와 가족이 편안히 쉴 수 있는 우리 집이 있어서 감사한 지금입니다.

저녁 식사 전 샤워가 좋다고 합니다. 샤워 후 우리 몸은 휴식 모드가 된다고 해요.

저녁 식사를 일찍 먹고 저녁 걷기 운동 후 샤워하고 자리에 앉습니다. 저의 이상적인 저녁 시간 시나리오입니다. 이른 저녁 식사, 걷기 운동, 샤워하는 순서를 저녁 습관으로 만들고자 해요. 다이어트, 저녁 시간 활용, 휴식에도 좋습니다. 그러기 위해서는 주부로서 하루 일정 관리를 잘해야지요.

꿈 리스트를 작성하며 되고 싶은 나를 상상합니다.

제가 만들고 싶은 습관을 소개합니다.

1. 벌떡 일어나는 습관으로 아침 기상, 미루지 않고 바로 시작하기
2. 정리하는 습관으로 물건을 찾는 시간이 줄어들고 에너지 낭비 줄이기

3. 계획하는 습관으로 시간 관리, 바인더(플래너) 작성, 체크 리스트 활용, 피드백 하기

4. 아침, 오후, 저녁 시간 책 읽는 시간, 책 읽기를 생활화하기입니다.

하루를 잘 살고 기록하는 도구는 바인더(플래너)와 감사일기입니다. 올해 바인더 프로 2기 과정 자격증을 취득했어요. 바인더 활용으로 자기 경영, 시간 관리, 기록 관리, 지식 관리가 됩니다. 꾸준한 자기 관리로 시간 관리 전문가를 꿈꿉니다. 꿈 리스트, 평생 계획표, 연간 계획표를 연초에 작성하고 추가하고 수정해 나갑니다. 월간 계획표, 주간 계획표를 작성해요. 주간 계획표와 월간 계획표를 연동해서 봅니다. 바인더 활용은 기록과 피드백, 개선입니다. 꾸준한 기록이 중요합니다. 균형 잡힌 삶을 위해 기록하며 개선해 나가려 합니다. 바인더를 활용해 꿈꾸며 기록하는 시간에 감사합니다.

잠들기 전 감사 일기를 펼칩니다.

오늘 하루를 되돌아봅니다. 내가 잘한 일 한 가지를 떠올립니다. 우선순위로 한 일 중 실행한 것을 칭찬합니다. 아픈 가족을 챙긴 일, 좋은 습관 실행, 가족들을 위한 생활용품, 식 재료 구매 등 장보기 그리고 이웃과 함께한 시간, 일상 나누기 자신을 칭찬합니다. 반성도 합니다. 아쉬운 점에는 자신을 용서하고 위로합니다. 소소한 일상, 성장하는 나를 응원합니다. 다시 읽을 때 그날을 다시 기억하고 하루하루 중요한 일들이 기록으로 남아요. 오늘 하루를 정리하

는 시간입니다. 뿌듯한 하루, 감사한 시간을 생각하는 소중한 시간입니다.

오늘 함께한 사람들을 떠올립니다. 오늘 만남을 떠올리며 그 사람의 장점을 떠올리고 배울 점을 찾습니다. 전화 통화를 했다면 그분들을 떠올립니다. 한 분 한 분들이 오늘의 만남과 전화 통화한 시간에 감사하며 오늘도 배웁니다. 모두가 소중합니다. 남편, 아이들 칭찬할 점 한 가지 씩 기록합니다.

미울 때도 있습니다. 소중함을 생각하고 알게 되니 곧 그들이 제 삶에 기쁨임을 깨닫습니다. 오늘 하루를 무사히 보냈음에 감사를 합니다. 수고한 나에게도 감사합니다. 바인더를 펼쳐보고 함께 보는 것도 좋고 개선 점을 생각해 봅니다.

하루를 돌아보며, 나를 돌보는 시간, 주변 이들에 대한 감사, 가족에 대한 감사하는 시간으로 오늘을 정리하는 시간을 가지며 내일 더 좋은 하루를 기대해 봅니다.

온라인 사명 찾기 프로그램에 참여하고 사명을 만들었어요.

나의 사명은 진정한 나를 찾는 여성들에게 바이블, 북, 바인더를 통해 행복한 건강을 찾도록 돕는 것이다. 감사 일기에 그날그날 이루고 싶은 꿈을 적고 사명도 적습니다. 순간순간 소명을 떠올리며 오늘을 살아가고자 합니다. 나부터 소명대로 살고 제 주변 이들도 돕고 싶어요. 그래도 환경 설정이 되어야 꾸준한 실천이 가능합니다. 온라인 독서 모임과 성경 묵상 프로젝트에 함께 하며 습관을 유지하고 있습니다. 감사 일기장에 오늘 읽은 책 중에서 한 문장을 기록합니다.

제 사명처럼 묵상 시간, 책 읽기를 위해 독서 모임에 참여하고 있는데요.

읽고 있는 책은 바이블 챌린저스 365 모임에서 주님은 나의 최고봉입니다. 교회 분이 자기 친구도 이 책을 읽고 진짜 믿음이 생기기도 했대요. 매일 날짜에 맞춰 한 장 씩 읽고 제일 와닿는 한 구절을 단톡방에 공유합니다. 함께 하는 묵상 프로그램 모임방, 함께 묵상하는 분들이 계셔서 정말 감사해요. 작년 10월부터 함께 하고 있는데요. 저 스스로 신앙적인 발전이 되어서 감사하답니다.

놓치고 싶지 않은 나의 꿈 나의 인생 1,2,3을 읽고 독서 노트에 기록합니다. 단톡 방에 공유해요. 2021년에 나폴레옹 힐 몰아 읽기에도 참여했었는데요. 현재 BBM여름휴가 독서 모임을 참여하고 있습니다. 재독 할 수 있어서 감사한 마음입니다. 새벽 낭독 로고스 모임에서 선정 도서 이어령의 마지막 수업을 매주 화요일, 목요일에 읽고 있습니다. 리더님이 선정한 도서가 늘 탁월하십니다. 새벽 5시 반에 모여 돌아가면서 낭독하고 인상 깊은 구절 나눔, 리더님의 질문으로 회원들의 풍성한 나눔에 참 감사한 시간입니다. 토요 새벽 낭독 문학소녀 모임에서 선정 도서 제인 에어를 읽고 있습니다. 문학소녀 시간에도 정말 감사하답니다. 함께 문학 도서를 낭독하고 리더님 질문으로 풍성한 독서 나눔을 가집니다. 삼국지 독서 모임에서 삼국지 6권 읽고 있어요. 읽어야 할 책 1인 기업 독서 모임의 결국 콘셉트, 책 세상 독서 모임 선정 도서 백만장자 메신저, 백만불짜리 습관은 개인적으로 읽고 싶은 책입니다. 요즘 읽는 책들마다 좋아서 좋은 책들이 많아서 감사합니다.

읽은 책들 중에서 오늘 마음에 드는 문장을 기록합니다. 감사 노트에 한 문장 기록하기 양식이 있어서 좋습니다. 여기에 기록하기 위해 좋은 문장 찾는 것도 즐겁고 기록이 남아서 좋고, 독서 습관도 만들 수 있지요. 멋진 감사 일기 양식 만들어 준 최서연 작가님께 다시 한번 감사드립니다. 감사 습관을 위해 감사 프로젝트 방에도 함께 하고 있습니다. 감사 방에 참여하고 감사를 실천하는 분들과 함께 하는 것도 좋습니다.

저녁 시간을 잘 활용하고 싶습니다. 감사 노트를 통해 오늘 하루를 되돌아보고 셀프 칭찬, 나를 다독이는 시간이 좋습니다. 꿈꾸며 기록하고 꿈을 위한 계획, 실행하고 개선하는 삶이 좋습니다. 사명을 위한 오늘의 실천을 꾸준히 하며 꿈을 향해 내일을 위해 살아갑니다.

오늘 감사한 사람, 책 한 구절을 쓰는데요. 내가 있고 감사한 사람들이 있고 책과 함께한 오늘이 소중합니다. 내일은 또 어떤 감사가 나를 찾아올까 기대하며 잠자리에 듭니다.

제3장

지금 바로 시작하는 '감사'

감사일기 쓰는 법

이유리

　'사랑'이라는 말과 함께 가장 아름답고 사람들을 행복하게 하는 단어는 '감사'일 것이다. 아무리 힘들고 어려운 상황 속에서도 감사할 수 있다면 그 어느 곳에서도 행복을 경험할 수 있을 것이다. 그러나 이와 반대로 아무리 좋은 환경 속에서도 감사를 상실한다면 불행한 삶을 살 수밖에 없을 것이다.

　감사 일기를 작성하면서 많은 사람이 회복과 치유가 풍성하고 행복이 넘치기를 소망한다. 처음에는 감사 일기를 어떻게 쓰는 거지? 나는 할 말이 없는데? 시작이 어려울 수 있다. 감사 일기를 쓰는 일에 조금이나마 도움이 될까 해서 내가 시작했던 감사일기 쓰는 법을 소개하고자 한다.

　나의 처음 감사 일기는 10대 시절에 썼던 일기장과 다르지 않지만, 일과에 대한 생각을 아무렇게나 쓰기보다는 크든 작든 감사한 일을 적으면서 시작했다. 모든 사람의 감사 일기는 각기 다 다를 것이다. 어떤 사람은 아침에 감사일기로 하루를 시작하는 사람이 있을 것이고, 또 다른 사람은 저녁에 하루를 마무리하며 쓰는 사람이 있을 것이다. 형식도 각양각색으로 다를 것이다. 가장 중요한 것은 모두가 각자의 스타일에 맞는 일정 그리고 형식으로 꾸준히 작성해 나가는 것이다.

첫째, 작성 방법의 선택

감사 일기를 작성할 때 고민해 봐야 하는 몇 가지 사항이 있다. 손으로 직접 쓰는 방식을 선호하는지? 아니면 디지털 방식으로 생각을 기록하는 것을 선호하는지? 가지고 다닐 것인지? 아니면 한곳에 보관할 것인지?

둘째, 감사 일기를 왜 쓰는가?

많은 자기 계발서에서 성공을 이룬 사람들에게 공통으로 찾을 수 있는 것 바로 감사하는 생활 습관이다. 그래서 무작정 쓰기보다는 감사 일기를 왜 써야 하는지 이해하고 시작하면 습관으로 더 쉽게 만들어 갈 수 있다. 감사일기의 장점 중 일부는 (스트레스 수준을 낮추고, 고요함, 행복감, 성취감 등) 그 과정에서 자신에게 더 많이 배우고 시련이 와도 결국 위장된 축복임을 인식할 수 있는 새로운 관점을 얻게 될 것이다. 감사 일기를 꾸준히 쓰는 연습을 계속하면 진정으로 좋아하고 행복해하는 것에 시간과 에너지를 집중할 수 있게 되므로 모든 일에 성취감이 올라간다.

셋째, 글쓰기를 위한 시간 확보

감사 일기를 쓸 시간을 찾는 것은 처음에는 어려울 수 있지만, 우리가 살아가는 일상에 작은 습관 하나를 추가하면 된다. 감사 일기를 유지하는 가장 쉬운 방법은 루틴 화하는 것이다. 모닝커피를 마시거나 자기 전에 책을 읽는 것과 같은 기존 습관에 연결한다. 이렇게 하면 감사일기 쓸 시간을 따로 만들지 않아도 자연스럽게 주어진다. 또한 매일 일기를 써야 한다고 생각할 수도 있지만 일관성이 핵심이다. 매일 쓸 수 있으면 가장 좋지만, 일주일에 한 번만 썼더라도 좋다. 정기적으로 일기를 쓰는 습관을 들임으로 감사일기 쓰기의 많은 이점을 느끼기 시작할 것이다.

넷째, 감사일기 포맷으로 시작하기

감사 일기 쓰기가 처음이라면 빈 페이지를 보는 것이 벅차게 느껴질 수 있다. 감사가 흐르도록 다음을 위해 간단한 형식을 정해놓고 글을 써 보는 것을 추천한다. 나도 처음에는 형식을 정해 놓고 그에 답하는 식의 일기로 시작했다 그렇게 하면 좋은 점이 막연한 감사일기가 더 쉽게 써 내려갈 수 있기 때문이다.

예를 들어 설명해 보면

1. 사랑하는 사람이 당신을 위해 한 일에 대해 감사했던 일
2. 오늘 내가 고마운/ 감사한 사람과 그 이유
3. 오늘 아쉬웠던 나의 행동 한 가지

다섯째, 정기적인 피드백

새로운 습관을 결단하고 시작하는 것도 중요하지만 시작 후 가끔 그것에 대해 정기적으로 피드백이 잘 되는 것도 좋은 습관이다. 감사 일기를 통해 한 달 반년 일 년 시간이 지남에 따라 행복이 어떻게 향상되었는지 생각해 보자. 어쩌면 다른 사람들과의 관계적인 부분에서 긍정적으로 변화했든지 일상 속 대화가 더 긍정적으로 변했을 수도 있다.

이제 시작하는 방법을 알았으므로 성공적인 감사 일기 연습으로 나아갈 수 있게 되었다. 사실 모든 일에 시작이 어렵다 그리고 그 시작에서 익숙해질 때까지 과정에 낙담이 찾아올 수 있지만 낙담하지 말자 그리고 그냥 JUST DO IT!

2

감사한 마음은 어떻게 가질 수 있는가

김성신

나라고 처음부터 감사한 마음이 내 몸의 장기처럼 착 달라붙었을까. 어떻게 감사해? 그래 감사하지. 감사해야지……. 이런 마음은 단지 비뚤어진 마음일까? 아니다. 감사도 체험이다. 감사하면서 몸소 체험한 경험들이 쌓이다 보면 감사한 마음은 자연스럽게 생긴다. 그러니 조급해하지 말자. 뭐든 그렇지 않은가. 내가 해본 일은 왠지 쉽지만 안 해본 일은 낯설고 어색하고 이해도 안 가고 선뜻 실천으로 옮겨지지 않는다. 감사한 마음을 갖게 된 나의 동기는 감사일기를 쓰는 것이었다. 한 줄로 쓰는 간단한 감사 일기도 좋고 양식이 있는 것도 좋다. 노트에 하루 세줄 일기로 감사를 시작해서인지 좀 더 양식을 갖춘 현재의 감사 일기에 쉽게 정착할 수 있었다. 감사한 마음. 사소한 것부터 감사함에서 시작한다. 아침에 눈 뜸에 감사하고 하루가 주어짐에 감사한다.

감사한 마음은 일단 내 마음에 감사가 들어올 수 있도록 방이 있어야 한다. 나쁜 마음이 아니어도 이런저런 바쁜 일들과 조급함, 불편함, 얄미운 마음, 나를 힘들게 하는 사람 등등이 있다면 감사한 마음이 찾아오기 힘들다. 나도 처음에는 생활이 바쁘고 여유도 없고 욕심은 많았다.

누가 그랬던가. 감사는 그냥 하는 거라고. 이 말을 듣고부터 그냥 시작했다. 감사합니다. '감사합니다'라고 글로 적고 한 번, 두 번 입으로 말하다 보면 신기하게도 주변의 모든 사물에, 사람에 모두 감사하게 된다. 나는 이것을 '감사의 기적'이라 부른다. 아주 사소한 일에 감사하고 감사합니다. 라고 적고 소리 내어 읽어보자. 이제 당신에게도 감사의 마음이 자리 잡게 될 것이다.

"모든 것에 감사합니다."

감사의 반대는 부정이다. 부정적인 사람은 말한다. "살다 보면 안 좋은 일도 있고 좋은 일도 있는 거지 무슨~ 다 우연의 일치야"라고 생각한다면 할 말이 없다. 아예 처음부터 그런 마음은 감사한 마음의 그릇이 없기 때문이다. 그런 사람들에겐 이렇게 말해주고 싶다. 살다 보니 이런 일 저런 일 생기는데 그중에 좋은 일 감사한 일들이 많이 생겼노라고. 그래서 또 감사하다고.

이런 경우 감사한 마음을 가지기 어려울 것이다. 잘난 사람, 잘난 척하는 사람을 보면 부럽지는 않은가? 이건 인간의 당연한 마음일 것이다. 그런데 매일 아침저녁으로 감사 일기를 쓰다 보니 잘난 사람 중에 잘난 '척'하는 사람들도 분명 있고 잘난 사람에게도 그들이 가지지 못한 것들이 있다는 것을 보게 되었다. 보게 되었다는 것은 그것이 이제는 부럽지 않다는 뜻이다. 단지 어떠한 방법으로 지금의 그 자리까지 갔는지가 궁금하다.

아침저녁으로 나를 성찰하고 들여다보는 과정에서 나를 알고 감사하다고 날마다 적었기에 내가 가진 것들을 안다. 자. 이제 이 정도면 감사한 마음은 이런 와중에도 생기지 않을까.

아. 잘난 척하는 사람에게는 측은지심의 마음을 가지면 되겠다.

그렇다면 억울한 일이 있을 때 감사가 될까? 이 책을 쓰기 시작해서 초고를 완성한 날 친정아버지가 하늘나라로 가셨다. 그런데 그 과정에서 나는 가족들에게 울분이 터졌다. 돌아가신 이튿날. 나는 아이들 둘과 남편까지 깨우고 챙겨서 장례식장으로 갔다. 그 과정에서 가족들 사이에도 생각의 차이로 화가 났다. 이렇듯 나만 억울하고 화날 때가 누구든 있다. 나 아닌 다른 사람은 100% 이해할 수 없는 일들. 하지만 오랫동안 쌓여있었던 일. 이런 일들이 일어나면 그 순간에 감사는 힘들다. 나는 모두에게 아무 말도 하지 말자고 했다. 화가 났을 때는 나오는 말들이 좋은 말일 수 없다. 오해는 계속된다. 그래서 나도 말을 하지 않을 테니 가족 누구도 말하지 말라고. 했다. 때로는 묻고 가야 하는 일들도 있다. 이 순간의 내 마음속에 있는 생각들은 일단 묻고 가기로 했다. 대신 억울하다는 마음 대신 내가 가진 것들에 집중했다. 그 와중에도 폭우 속에 장인어른의 장례식장까지 운전해주고 다시 장모님과 처제가 있는 곳으로 가서 장례식장으로 아무 말 없이 안전하게 운전해서 모셔오는 일을 하는 남편이 있었다. 그리고 우리 아이들. 외할아버지의 돌아가신 소식을 듣고 군대 간 아들도 바로 나와서 할아버지의 영정을 들었다. 그리고 동생과 함께 부의금을 받고 안내하는 일을 묵묵히 당연히 해야 하는 일로 알고 아침부터 늦은 밤까지 했다. 급작스레 생긴 일에 도서관 일을 해준 우리 막내는 또 얼마나 감사한 존재인가. 내가 억울해서 속상했던가? 감사가 억울함을 이겼다. 억울한 일이 있다는 생각이 들 때가 누구나 있다. 잠시 그 일에서 떨어져 주위를 둘러보자. 억울한 일이 그 하나였다면 감사한 일은 참으로 많았다.

나는 지금 아무도 없는 도서관을 지키고 있다. 그런데 방금 여학생이 한 명 들어왔다. 책을 읽으려는 것은 아니고 학원 가기 전 남은 시간을 보내려고 온 듯하다. 그래도 텅 빈 도서관에 잘 모르는 학생이지만 감사하다. 하나보다는 둘이 낫다. 조용히 가서 작은 벽걸이 에어컨을 작동시켜준다. 나는 현재 살짝 춥다. 하지만 더운 밖에서 들어왔으니 더울듯해서다. 그리고 나는 감사하고 행복하다.

여러분은 지금 누구와 함께 있는가? 말 잘 들어서 예쁜 아이와 있는가 아니면 나를 속상하게 한 아이와 함께 있는가? 감사할 일을 찾자. 그러면 모든 것이 감사한 일이다. 내가 숨 쉬고 있음이 감사한테 그 무엇이 감사한 일이 아니겠는가. 이렇게 이름 모를 독자들에게 책을 쓰고 있는 나야말로 세상 이보다 감사한 일이 없다. 감사한 마음 한가득 모아 이 글을 읽어주시는 분들께 드리고 싶다. 감사한 마음이 생길 수 있도록 말이다.

감사한 마음은 이렇듯 내가 감사한 마음을 갖겠다고 마음먹은 순간부터 가질 수 있다. 억울한 일이 생겨도 그 한 가지 일을 빼고는 감사하니 감사한 마음을 가질 수 있고 외롭고 막막한 순간에도 누군가가 나를 위한다고 생각하면 감사하다. 따라서 우리는 언제나 감사한 마음을 가질 수 있다. 마음만 먹는다면 말이다.

3

반드시 행동하는 감사가 되어야

이자람

'감사합니다.' '고맙습니다.' 쉽게 할 수 있는 말이지만, 얼마나 진심을 담아서 하고 있을까? 과거의 나는 어땠을까. 카페에 가서 음료를 받으면서 '감사합니다.'라고 말하지만, 그저 인사치레로 생각하면서 감사를 전했었다. 맛있게 커피를 만들어 줘서 고맙고, 이것을 사서 먹을 시간이 있어 감사하다는 생각은 전혀 하지 못했으니 말이다. 학생들 수업을 할 때도 마찬가지이다. 고맙다고 말한 적이 없던 것 같다. 감사 일기를 쓰니 모든 상황이 감사로 가득했다. 특히, 일할 때 학생들에게 고마움이 많이 느껴졌다. 그냥 아무 말 없이 '수고했어.'라고 마무리 인사를 했었다. 하지만 감사 일기를 쓰면서, 이제 감사를 실천해야지라는 생각이 들었고, 아이들에게 이 마음을 어떻게 전할까 고민을 했다. 이 이야기를 하는 것은 쉽지 않았다. 억지로 말을 만드는 것 아닐까? 라는 생각도 들고, 오히려 인사를 전했는데 어색하지? 라는 걱정이 앞섰기 때문에 매번 주저하다가 감사를 전할 타이밍을 놓치곤 했다. 나는 감사 일기를 쓰면서 감사로 충만한 사람이야. 라고 생각을 하고 있었는데, 감사 표현을 못하다니? 무언가 행동을 바꾸지 않으면, 안 되겠다는 생각이 들었다. 그리고 용기를 내서 아이들 하나하나에게 감사를 표현하기 시작했다. '오늘 배고프다고 했는데, 끝까지 열심히 수업 들어줘서 고마워. 다음에도 오늘처럼 즐겁게 해 줘.' '오늘 새로 진도 나간 부분이 배운 적 없는 내용이었지? 하지만 B가 열심히 따라와 줘서 선생님 너무 기뻤어. 고마워'라며 그날 수업시간에 고마운 부분에 대해서 자세히 예를 들어서 아이들에게 인사를 건넸다. 처음에는 머쓱하게 웃던 아이들이 하루 이틀 반복이 되니까 '네.'라고 대답을 하며 자신감 넘치는 미소를 지어줬다. 내가 고마움을 표현하기 위해서 아이들에게 말한 내용이 아마도 아이들의 어깨를 으쓱하게 만들어 준 것 같았다. 내가 좀 더 좋은 사람이 된 느낌이었다.

감사하는 마음을 가지며 안부를 묻고, 인사를 전하다 보면 세상이 나에게 정말 친절한 곳이라는 생각이 든다. 출근시간에 집을 나설 때, 미팅을 위해서 어딘가로 갈 때, 환경을 정리해주는 분들을 만나거나 경비원 선생님들을 마주치는 일이 자주 생긴다. 이분들이 맡은 자리에서 일을 해주시는 덕분에 내가 가는 곳이 깨끗하고 안전한 곳으로 유지되는 것이라 생각한다. 누구보다 반갑게, 진심으로 감사함을 담아 인사한다. 그러면 상대방도 한번 허리를 펴서 나를 보며 웃어주고, '잘 다녀오세요'라고 인사를 건넨다. 나의 감사와 친절함으로 타인을 기쁘게 하는 것은 물론 내 발걸음이 가뿐해지는 신기한 순간이다. 가족에게도 마찬가지이다. 가만히 생각해보면 작고 일상적인 것부터, 큰 것까지 우리는 가족에게 감사할 일이 많을 것이다. 나 역시 부모님께 감사할 일이 참 많다. 가족은 늘 모든 것을 믿어주려 애쓰고, 심리적 안정감을 주는 든든한 지원군이다. 이 글을 쓰고 있는 이 순간에도 집필에 오롯이 집중할 수 있도록 환경을 조성해 주시는 부모님께 감사하다.

감사 일기를 쓴다고 이야기를 하면서, 내용을 보여주면 이렇게 말하는 지인이 있다. '아니 굳이 이것까지 감사한다고 쓰는 거야?' '이게 감사할 거리가 되나?'라는 말을 하면서 갸우뚱하는 것이다. 엄마의 맛있는 반찬, 아빠의 마중, 가족이 함께 식사를 할 수 있는 것. 너무나도 일상적인 일이기에 감사를 느끼지 못하는 사람도 많다. 나 역시 그런 자그마한 일상이 감사하다는 것을 감사 일기를 쓰기 전에는 전혀 몰랐다. 감사 일기를 쓰다 보면 다양한 상황에 감사하게 된다. 지나가는 바람에도, 예쁜 하늘에도, 반찬을 주시는 식당 종업원분께도, 맛있게 커피를 만들어주시는 바리스타에게도. 세상은 감사로 가득할 수밖에 없는 아름다운 곳이다.

감사 일기를 통해서 감사할 것을 찾았다면 그것이 끝일까? 아니다. 감사는 행동으로 해야 진정한 감사가 되는 것이라고 생각한다. 내가 실천한 몇 가지 행동을 이야기해보려 한다. 첫 번째 행동은 감사를 말로 표현하는 것이다. 감사의 표현은 상대가 이 일에 대해서 자부심을 느끼게 만들어준다. 감사를 받은 상대가 마음을 다하기에 좋은 에너지가 나에게 전해진다. 만약에 말로 전하기가 부끄러운 상황에서는 어떤 방법이 있을까? 바로 웃으면서 답하는 것이다. 미소만으로도 충분히 감사의 마음은 전해질 것이다.

두 번째 행동은 무엇이 있을까? 바로 감사를 느끼는 상대에게 서운하다거나, 화가 나는 등의 순간적인 감정의 변화로 인해서 그에게 가지고 있는 감사하는 마음을 잊지 않기 위해 노력하는 것이다. 가족과 함께 살다 보면, 뜻하지 않게 화가 나거나 의도와 달리 차가운 말이 올라오기도 한다. 퉁명스러운 말투로 말하거나 서운하고 화나는 마음을 상대에게 전하고 싶어서 화를 내고 싶다. 그럴 때마다 나는 잠시 멈추고 감사함을 찾는다. 아… 이게 날 위한 것이구나. 잠깐만 기다리면 감정이 지나갈 것이다. 라고 생각하면서 감사함을 잊지 않으려고 노력한다. 남에겐 어렵지 않은 일인데, 지금 말한 두 번째 행동은 실천에 옮기기 참 어려운 감사 중의 하나이다. 지금도 행동하기 위해 꾸준히 노력하고 있다.

세 번째, 가장 중요한 것은 나에게 감사하는 것이다. 어쩌면 세가지 행동 중에서 가장 어려운 것이 바로 이것이 아닐까? 나에게 감사한다는 것은, 과거 나의 선택, 나의 행동 모두에 그럴만한 이유가 있었고, 잘한 것이라고 믿어주는 것이 가장 중요하다. 자기 계발을 하면서 노력하는 과정에서 종종 '이렇게까지 해야 할까, 굳이?'라는 생각을 하며 두려움과 귀찮음이 몰려올 때가 있다. 그럴 때마다, 머리를 털면서 '일을 하면서 새로운 길을 닦는 길이 쉽지 않은 길인데, 도전하고 해내는 나 자신을 믿어. 난 잘 해낼 거야!'라면서 주먹을 꽉 쥔다. 말의 힘일까? 이렇게 외치고 나면 기분이 좋아진다. 미래에 이룬 내 모습을 상상하며 또 해야 할 일을 묵묵히 해낼 힘이 생긴다.

사랑도 표현하지 않으면 상대가 모른다. 바라보기만 한다면 상대가 그 마음을 깊이 알아차리기 어렵다는 것이다. 감사도 마찬가지이다. 어떤 방법으로 건 내가 느끼고, 내가 받은 감사는 표현을 해야 한다. 앞서 말한 것보다 가장 중요한 감사의 표현은 바로 '감사 일기 쓰기'이다. 마음만으로 감사를 느끼기보다는, 대상에게 표현하면 좋은데, 앞서 말한 방법대로 하는 방법으로 감사를 실천하는 것도 좋지만, 하루를 마무리하면서 감사할 일들을 적어보면 기분이 좋고 뿌듯하다. 적어본 감사 일기를 다시 읽으며 하루를 돌아보면 마치 세상이 정말 날 위해서 존재하는 것처럼 가슴이 벅차고 행복해진다. 내 삶이 내 마음대로 이뤄지는 기분, 모두가 느껴 보면 좋겠다.

감사를 강요하지 말라

이경해

　'좋은 일이라도 권유는 하되 강요는 하지 말자' 오래전부터 지켜온 나의 작은 철학이다. 강요는 억지로, 또는 강제로 요구하는 것이다. 마음이 동요 없이 요구받는 일을 하는 삶, 생각만으로도 답답하고 재미가 없다. 이왕 한번 태어난 인생인데 될 수 있으면 재미있게 살고 싶다. 나뿐 아니라 나와 연결된 모든 사람들이 재미나고 신명나는 삶을 살았으면 좋겠다는 생각을 한다. 두 아들의 방학 기간이다. 평소 잘 쳐다보지 않는 둘이 꼭 붙어서 웃음소리가 방문을 넘어선다. '뭐가 저리 좋을까?' 생각하다가 방학 전 받은 큰아이의 성적표가 떠올랐다. 기대감이 컸는데 성적표에는 그동안 보지 못했던 숫자들로 가득했다. 성적표를 내밀며 눈물을 뚝뚝 흘린다. 열심히 하겠다며 시키지도 않은 다짐을 했다. 순간적이지만 내가 너무 아이를 몰아붙이고 있는 건 아니지 걱정스러웠다. 그리고 이틀이 지났다. 눈물과 다짐이 무색할 만큼 동생과 하는 게임으로 신이 나 있다. 10년 전에는 두 아이가 같이 놀면 기분이 좋았다. 까르르~ 웃는 소리에 나도 모르게 얼굴에 미소가 지어졌다. 하지만 지금은 그때와 느끼는 감정이 180도 다르다. 방문을 열고 '지금 이러고 있을 때니?' 묻고 싶다. 두 아이를 각자 방으로 보내고 강의는 얼마나 들었는지, 오늘 내 준 과제는 했는지 추궁하고 싶었다. 심호흡을 내 쉬었다. 건강하게 잘 자라 아침을 맞이하고 있음에 감사했던 아침의 감사일기가 생각났다. 세월이 더 지나면 저 웃음소리를 더 들을 수 없을지도 모른다는 생각이 들었다. 그래 감사하자, 형제가 사이좋은 모습에 감사하고 웃음소리가 맑고 경쾌함에 감사하자. 공부 좀 못하면 어떠냐, 인생 별거 있나, 싶다.

큰아이가 초등학교 3학년 무렵에 교장 선생님이 새로 부임해 오셨다. 교장 선생님의 교육 철학에 따라 그 해부터 아이들에게 감사일기를 쓰는 숙제가 생겼다. 감사일기의 긍정적 효과에 대해 알고 있던 나는 교장 선생님이 도입하신 감사일기에 꽤 흡족해 했다. 숙제를 핑계 삼아 아이들에게 매일 쓰기를 강요했다. 퇴근하면 제일 먼저 감사일기를 체크했고 안 되어 있으면 책상 앞에 앉혀 놓고 쓸 때까지 기다렸다. 매번 아이는 감사일기에 무엇을 써야 할지 모른다는 표정으로 공책만 보고 있다. '오늘 고마웠던 일이 뭐였을까?' 물었다. '없어, 오늘 특별하게 고마운 사람 없어요.'라는 대답이 돌아왔다. 옆에서 보던 신랑이 '아빠한테 안 고마워? 힘들게 일하고 왔잖아.' 한다. 아이가 멀뚱히 아빠를 쳐다보더니 '가족을 위해 힘들게 일하시는 아빠가 고맙다.'라며 첫 줄을 채웠다. 그리고는 밥을 해 주시는 엄마, 낮에 돌봐 주시는 할머니께 고맙다고 적었다. 그렇게 1일 차를 채운 아이는 일주일 동안 똑같은 내용을 조사만 달리하여 쓰고 있었다. 답답하고 한심했다. 아이가 세상에 대한 고마움을 모르는 것 같아서 화가 나고 짜증이 났다. 한약을 짜 내듯 아이들에게 매일의 감사를 쥐어짰다. 강요한 결과 방학이 지난 후 아이는 감사 일기로 상장을 받았다. 상장을 받은 기쁨은 엄마의 몫이었다. 반면 아이는 무표정이었다. 아이는 초등학교를 졸업할 때까지 감사 일기로 고난의 시간을 보냈다. 중학생이 되어 감사 일기를 벗어난 큰아이는 해방감을 느낀다고 말했다. 같은 초등학교에 입학한 작은 아이도 비슷한 과정을 겪었다. 작은 아이는 감사 일기를 적으면서 '왜 이걸 적어야 해요?' ' 도대체, 이런 일기는 누가 만든 거예요?' 물으며 감사가 아닌 불평, 불만의 시간을 보낸 기억이 지금도 난다. 그때 생각했다. 어떤 일이든 강요가 되면 의미가 없어진다는 것을….

얼마 전 북 토크 모임에 참여하였다가 들은 이야기다. 책 이야기를 듣기 위해 모인 몇 안 되는 남자분이었다. 나중에 알았지만 도서관에서 강연도 하시고 책도 많이 읽는 사람이었다. 잠시지만 온라인으로 모임을 함께 한 적이 있었는데 책에 대한 지식이 상당히 깊었던 것으로 기억한다. 당시에는 농담처럼 한 말이었는데 나도 모르게 고개를 끄덕이고 있었다. 그건 바로 책을 읽게 된 부인들이 하지 말아야 할 것, 바로 남편에게 책 읽기를 강요하지 말라는 내용이었다. 독서 모임에 참여하는 사람들의 특징은 책을 좋아하고 책에서 얻는 것들에 대한 믿음이 있는데 꼭 주변 사람들에게 강요한다는 것이었다. 자기 계발은 자기가 하는 것이지, 강요로 이루어지는 것이 아니다. 책 읽기도 마찬가지, 자기가 좋아야 하는 것이다. 책이 좋다고 책을 읽으라고 강요해 보았자 결과는 부부싸움만 된다는 이야기에 격하게 공감하며 고개를 끄덕였다. 동시에 아이들에게 감사일기를 쓰라고 강요했던 기억이 떠올랐다. 어른이라면 안 쓰겠다고 화라도 내었을 텐데, 반항 한번 하지 못하고 감사일기를 적었던 그 시절의 아이들에게 미안한 감정이 들었다. 그날 이후로 남편과 아이들에게 책 읽기와 감사를 강요하지 않는다. 그냥 좋은 책이 있음을 이야기해 주고 고마운 일에 고맙다, 감사하다고 표현하는 것으로 만족하고 있다.

감사의 삶을 시작한 지 이제 300일이 조금 지났다. 일기를 쓰기 시작하고 하루도 빠지지 않았다면 1년이 넘었을 텐데, 아쉽게도 중간에 여러 차례 감사를 빼먹었다. 감사 일기를 시작하는 매월 첫날에는 하루도 빠지지 않는 것을 목표로 삼는다. 하루도 빠지지 않고 감사 일기를 쓴다는 것이 쉽지 않았다. 빼먹는 이유도 다양하다. 가장 높은 비율은 늦은 기상 시간이다. 새벽 5시, 6시에 일어나 모닝 루틴을 마치고 감사 일기를 적어 인증하는 사람들이 많았다. 반면 나는 야행성으로 아침잠이 많다. 부족한 잠을 휴일에 몰아서 자기도 한다. 주말이면 9시가 넘어 기상한다. 이런 날은 어쩐지 게으른 사람이 되는 것 같아 인증하기가 민망했다. 주말은 감사일기도 휴일이 되었다. 감사 일기를 쓰지 않는다고 해서 쓰라고 강요하는 사람은 없다. 쓰면 쓰는 대로 안 쓰면 안 쓰는 대로 시간은 흐른다. 월요일이 되어 새벽 기상을 시작하면 감사 일기를 다시 편다. 주말 동안 빠진 것은 아쉽지만 한 주를 시작하는 월요일에 빼먹으면 안 될 것 같다. 한 주를 알차게 보내기 위해, 오늘 하루를 더 열심히 살아내기 위해 다시 펜을 들고 감사 일기를 쓴다.

성경에 '범사에 감사하라'는 말이 있다. 어떤 일에도 감사하는 마음을 가져야 한다는 하나님의 말씀, 청소년 시절부터 교회에 다니며 목사님과 전도사님께 귀에 딱지가 앉도록 들었던 이야기이다. 좋을 때도 감사, 어렵고 힘들어도 감사를 하라는 이야기를 그때는 잘 이해하지 못했다. 그냥 감사를 강요하는 것 같았다, 지금도 감사하는 삶을 100퍼센트 이해하지 못한다. 하지만 감사로 인해 내 마음과 삶이 시나브로 긍정적인 방향으로 변화되고 있는 걸 느끼고 있다. 강요가 아니다. 감사 일기에 기록하는 긍정의 어휘들이 마음을 따뜻하게 해주는 희망이 되고 있다.

5

감사 습관 만들기

배민경

정말 내 삶에서 감사가 넘치는, 그런 민경이가 되고 싶었다. 가진 것은 많지 않지만 내가 가진 것을 감사하며 행복해하는 그런 민경이가 되고 싶었다. 그래서 방법을 찾아보았다. 모 유튜버는 하루에 만 번 "감사합니다"를 외친다고 한다. 만 번을 헤아리기 위해, '감사합니다'를 한번 외칠 때마다 카운터를 이용해 카운팅을 한다고 한다. 나도 그 말을 듣고 손가락에 끼우는 작은 카운터를 구매하였다. 그리고 실행해 보려 했으나 쉽지 않았다. 그래서 대신 카운터를 사용하지 않고 틈나는 대로 '감사합니다'를 외쳐 보려고 했다. 하지만 금방 잊어버렸다.

또, 모든 일에 감사하는 감사 습관을 만들고 싶었지만 나는 내공이 부족했다. 성경 말씀에 "범사에 감사하라"라는 말이 있다. 사소한 모든 일에 감사합니다. 라고 말하고자 하였다. 하지만 이는 정말 쉽지 않았다. 하지만 뙤약볕이 쬐는 여름날에, 태양 아래서 "더위를 주셔서 과일이 잘 익을 것 같으니 감사합니다"라고 외치는 것은 좀 어려웠다. 만약 저 상황에서 물 한 모금 얻어먹으면 "감사합니다"가 튀어나올 수 있지 모르겠다.

사실, 이것도 필자가 내공이 부족해서 하는 핑계 일지 모른다. 감사 고수들은 어떻게든 감사할 수 있는 요소를 찾아내겠지만 그 정도까지 도달하지 못했다.

그래서, 필자는 감사하기 힘든데 감사해야 할 상황에는 "감사합니다"의 전 단계로 "그럴 수도 있지"라는 언어를 택했다. 친구가 늦게 도착했을 때, 감사합니다. 라고 말하기는 힘이 드나 그래 "그럴 수도 있지"라고 하는 것은 그렇게 힘이 들지 않는다. 그리고 그럴 수도 있지 하고 나서는 약간의 감사하고 싶은 마음이 스물스물 올라온다. 그때 '감사합니다.'를 조용히 읊조린다.

하루에 만 번의 감사 외치기 이런 거는 나 같은 감사 하수에게는 어려운 일 같다. 그래서 어떻게 하면 효율적으로 감사 습관을 만들 수 있을까? 생각해 봤는데, 두 가지 방법이 떠올랐다. 바로 감사일기와 식사 전 감사기도이다. 감사일기는 이 책 전반에 걸쳐서 중요성을 설명하므로, 군이 여기서 까지 말할 필요가 없을 것 같다. 여기서는 감사기도에 대해서 말하고자 한다.

특정 종교를 가진 사람들은 식전 기도를 한다. 이것을 응용해 보고자 한다. 식사기도는 맛있는 식사를 주셔서 감사함에 감사하는 것도 있는데, 본래는 나를 위해 죽은 생명체에게 올리는 기도라고 한다. 우리가 살아가기 위해서는 채소와 육류를 먹어야 하고, 내 식사를 위해 여러 생명체가 죽었다. 그들에게 감사를 하는 기도라고 한다. 이렇게 생각하면 식전 감사가 조금 쉽지 않을까? 반드시 기도의 포맷이 아니더라도 감사함을 마음에 품고 식사를 하는 거다. 그리고 생명체들에 대한 감사와 곁들어, 감사할 거리도 한 두 개 살을 붙여 보는 것이다. 이렇게 하면 무리하지 않고도, 쉽게 하루 3번 감사가 이루어진다. 게다가 아침, 저녁 감사 일기를 쓴다면 5번의 감사를 하게 되는 것이므로 그만해도 꽤 많은 감사를 하고 있는 것으로 보인다.

그런데 이런 감사에도 주의점이 있다. 나보다 안 좋은 상황, 예를 들어 불우이웃 같은, 즉 나보다 힘든 처지에 있는 사람들을 보며 위안을 삼는 것은 별로 좋아 보이지 않는다. TV에서 불우이웃 방송 등을 보며

'저렇게 불쌍한 사람도 있는데 감사해야 해'
라고 생각하며 위안하는 경우들이 있는데, 이런 생각은 별로다.

누군가가 나를 동정하며 나보다 더 나은 상황을 감사하고 있다고 생각하면 기분이 매우 나쁘지 않은가? 좋은 것만 보고, 정말 감사할 상황만 감사를 외쳐도 감사할 것은 널렸다.

지금까지 감사 습관을 만들기 위한 내용을 요약하면 다음과 같다. 첫째, 그럴 수도 있지. 둘째, 그럴 수도 있으니 감사하자. 셋째, 감사 일기를 쓴다. 다섯째, 밥 먹기 전에 감사한다.

밤이 깊었다. 하루를 마무리해야 되는 시점이다. 오늘 하루 감사했던 것들을 나열해 보겠다.

첫째, 교수님이 논문을 잘 봐주셔서 감사합니다. 둘째, 고양이가 내 옆에서 누구보다 편안하게 잠이 들어 있어요. 예쁜 고양이와 살게 해 주셔서 감사해요. 셋째, 300만 원짜리 일이 들어왔어요. 일이 없었는데 일을 하게 해 주셔서 감사해요. 넷째, 감사일기 프로젝트에 참여하게 되어, 감사일기 쓰는 것에 대해 다시금 생각해 보게 되어 감사해요. 다섯째, 에어컨이 고장 났지만, 선풍기 3대가 있어 덥지 않게 보내고 있어요. 선풍기 3대가 있어서 정말 감사합니다. 여섯째, 부모님이 근처에 사셔서 자주 볼 수 있어 또 감사합니다. 일곱째, 60kg을 넘지 않아 감사합니다. 여덟째, 아버지가 컴퓨터를 사 주셔서 감사합니다. 오늘도 감사할 거리가 넘치는 하루를 살아냈다.

6

사람과 상황과 사건에 감사하기

안경희

2022년 7월 16일 토요일 BBM 독서 캠프에 참석했다. 오프라인 모임이라서 기대되고 설레었다. 오전 10시에서 오후5시까지 독서하는 시간이 참 좋았다. 신림에서 1박을 했다. 다음날 호텔에서 오전 10시 30분에 나왔다. 신림 천을 산책하고 식사를 마치고 커피숍으로 갔다. 선배님들과의 대화로 배우는 시간이 감사하다. 기차 시간에 맞춰 12시 30분에 밖으로 나왔다. 현주 선배님 덕분에 지하철에서 헤매지 않고 서울역까지 잘 도착할 수 있었다. 감사하다. 헤어지는 인사를 나누고 기차를 타기 위해 승강장 안으로 들어섰다. 경산으로 가는 KTX가 서있었다. 기차표를 확인하고 기차에 올라탔다.

피로가 몰려왔다. 때마침 친정 오빠에게서 전화가 왔다. 2022년 7월 15일 엄마가 물리치료를 다녀오신 후 고열이 나고 16일 토요일에는 내과 병원에서 항생제, 진통제를 처방받아서 오셨다고 했다. 걱정이 되었다. 전화를 끊고 의자에 기대어서 좀 쉬었다. 곧 경산역에 도착하고 역 부근에 세워둔 차로 집으로 향했다. 집에 도착해 1박 했던 짐을 풀고 어질러진 집을 정돈했다. 엄마가 떠올라서 전화를 해본다. 최근 협착증으로 다리가 많이 아파서 물리치료와 수영을 병행했는데 피로감을 많이 느끼셨다고 한다. 그날도 피로하지만 물리치료를 받고 병원을 나서는데 도저히 버스를 타고 집으로 올 수 없었다고 한다. 아버지께 태우러 오라고 해서 집에 오셨다고 했다. 협착증 때문에 허리, 다리가 많이 아프셔서 서울에 있는 병원에 예약되어 있었는데 안타깝게도 봉와직염으로 병원 예약도 미뤘다고 했다.

내일 엄마에게 가봐야겠다고 생각했다. 고혈압에 당뇨, 연세도 많으신데 혈관이나 패혈증으로 전이되는 것은 아닌지 걱정이 된다. 오후 5시 아버지께서 카톡으로 엄마 다리 사진을 찍어서 보내셨다. 남편이 평소보다 일찍 퇴근했다. 엄마 사진을 보여주었다. 자기 군대에서 허벅지의 종기로 다음날 허벅지가 2배로 되었는데 봉와직염으로 항생제를 하루 4번씩 먹다가 병원에서 3개월 입원해서 항생제 주사를 맞았다고 한다. 장모님 병원에 입원해서 항생제 주사 맞는 게 빠를 것 같다고 했다. 우리가 부산으로 가서 병원에 모시고 가자고 했다. 내심 고마웠다. 중1, 중3인 아들 둘은 학원에 갔는데 오늘부터 방학이라 다행이다. 아이들이 도시락 사 먹을 수 있게 식탁에는 카드 두 개를 두고 내 짐을 챙겨서 나왔다.

차를 타고 출발하는데 언니에게서 전화가 왔다. 우리가 부산으로 가고 있다고 하니 '그래 가봐'라고 한다. 친정에 저녁 8:30분에 도착했다. 한 시간 뒤 양산 부산 대학교 병원 응급실로 가서 검사를 받고 입원하길 바랬다. 남편에게 형부가 전화를 해왔다. 오신다고 기다리라고 한다. 형부가 오셨다. 항생제를 먹고 있었으니 병원에서 항생제 투여를 안 해줄 수도 있다며 고생만 할 수도 있단다. 신랑과 나는 병원에 모시고 가보고 싶었다. 10시 30분 결국 병원으로 모두 출발했다. 응급실에는 보호자 한명만 들어간다. 형부가 함께 들어가셨다. 남편과 나는 응급실 맞은편 휴게실에서 기다렸다. 기다리는 동안 남편이 전화기를 보길래 옆에서 봤는데 내 이름 앞에 소중한 안경희라고 저장되어 있었다. 기분 좋은 뭉클함이 솟아올랐다.

형부가 휴게실로 들어섰다. 현재 고리에 출장 오셨고 남편도 내일 아침 6시에 입사 시켜야 해서 두 분 다 먼저 가기로 하고 나는 엄마 검사가 새벽이나 되어야 끝날 것 같아서 검사 후 콜택시를 타고 가기로 했다. 엄마가 있는 응급실로 갔다. 형부가 소변 검사를 해야 하고 방법을 알려 주셨다. 형부는 가시고 응급실 침대가 나와서 엄마와 배정받은 침대로 갔다. 수혈을 맞고 있었다. 피곤하셨는지 엄마는 잠이 드셨다. 전화가 왔다. 남편이 차에서 자고 있을 테니 검사 끝나고 연락을 달라고 했다. 그냥 가기가 마음 쓰였나 보다. 참 감사하다. 조금 있으니 조형제 주사를 맞고 검사를 한단다.

엄마와 소변 검사를 하러 화장실로 가서 소변을 담고 간호사에게 전해 주었다. 검사를 위해 검사실로 갔다. 검사실에서 환자복으로 갈아입어야 해서 옷 갈아입는 것을 도와드리고 밖으로 나왔다. 조금 기다리자 엄마가 나오셨다. 함께 자리로 돌아왔다. 팔에 테스트를 하고 괜찮으면 항생제 주사를 놓는단다. 응급 의학과 의사 선생님이 오셨다. 검사 결과 발목에 염증이 있고, 혈관, 다른 곳은 다 괜찮다고 하신다. 대학 병원에서는 경미한 정도로 입원이 안된다고 한다. 결과는 괜찮다고 해서 다행이지만 입원이 안된다고 해서 아쉬웠다. 화요일 오후 2시 외래 진료 예약을 해 준다고 한다. 팔에 테스트한 부위가 괜찮다며 항생제 주사를 놓아 주었다. 주사를 맞고 나니 새벽 3시였다. 남편에게 전화해서 병원 입구로 오라고 했다. 부산 친정집으로 갔다. 신랑은 우리를 태워주고 자기는 집으로 갔다. 엄마와 집으로 가서 씻고 누웠다. 새벽 3시 50분이었다.

4시 반 신랑이 집에 도착했다고 전화가 왔다. 남편에게 오늘 하루 수고해 주어서 정말 고마웠다.

어제 저녁시간 부산으로 오고 엄마와 함께 응급실에 가고 엄마 검사받을 때 내가 옆에 있을 수 있어서 감사했다. 소식 듣고 달려온 형부, 수고한 남편, 아버지, 오빠, 언니 우리 가족 모두 고맙다. 실업 급여를 받고 쉬고 있어서 감사했다. 시간이 되어서 엄마 옆에 있어서 다행인 어제와 오늘이다. 밤새워서 피로하지만 기분은 최고다.

4시간 반을 자고 일어나서 아침을 준비했다. 친정 식구들과 아침 식사 후 김치를 담그기로 했다. 엄마가 김치 재료를 사두셨다. 엄마는 식탁 의자에 앉아 계신다. 재료를 엄마가 잘라 주시면 내가 재료를 씻고 소금으로 절인다. 엄마가 필요한 것을 말하면 재료를 씻는다. 총각김치와 알배추로 김치를 담근다. 점심은 아버지가 장 봐 오신 소고기를 구워 먹었다. 수고한 우리를 위해 무더위에 힘내자고 하셨다. 맛있는 점심을 먹는다. 엄마와 안심 장조림과 오이소박이 밑반찬을 만들었다. 엄마가 움직이면 다리가 벌겋게 되고 염증이 더 진행될까 봐 못 움직이게 했다. 친정집은 식사를 규칙적으로 한다. 5시 반 밥을 밥솥에 앉힌다. 아버지는 국이나 찌개, 생선, 새로 만든 밑반찬, 김치도 금방 하신 걸 좋아하신다. 된장찌개, 계란찌게, 조기구이, 어제 만든 반찬, 가지, 양배추를 찌고 가지 무침을 했다. 엄마가 코치하고 내가 움직였다. 상을 차리고 함께 식사를 한다.

오늘은 양산 부산대학교 병원에 외래 진료가 예약되어 있었다. 주방 정리 후 점심은 배달 음식을 먹기로 했다. 아버지의 배려다. 점심을 먹고 엄마 병원 진료를 위해 출발한다. 만덕에서 양산으로 가는 새로운 길이 생겼다. 하늘색, 구름이 참 예뻤다. 대학 병원 가까운 곳에 아버지께서 주차하고 엄마와 나는 감염 의학과로 향했다. 아버지께서도 오셨다. 함께 진료실로 들어갔다. 여의사 선생님이 엄마 다리를 만져보시며 봉와직염이에요. 경미해서 대학 병원에서는 입원할 수가 없단다. 집 근처 정형외과에 입원해 항생제 주사를 맞으시고, 여의치 않으면 다음 주 외래 진료 예약을 해 다시 오라고 했다.

집에 도착했다. 아버지는 지인께 입원할 근처 병원을 수소문하였다. 병원 추천을 받으신다. 내일 그 병원에 가보기로 한다.

다음날 아침 식사 후 나는 집으로 돌아왔다. 집에 도착한 뒤 아버지와 통화했다. 추천받은 병원에 갔는데 부산대에서 말한 항생제 주사는 없고 깁스를 하고 하루 두 번 맞는 주사가 있고 대학 병원에서 말한 주사는 부산 의료원에 있다고 해서 입원하지 않고 집으로 오셨다고 한다. 입원 치료받았으면 했는데 다시 염려가 된다. 며칠 전 엄마는 많이 좋아지셨다고 말씀하셨다. 아이들 학원도 방학이라 함께 친정으로 갔다. 그날 밤 엄마가 아버지 운동 다녀오시면 식사 챙겨드리고 방도 닦고 나니 다시 다리가 붓고 열이 나신다고 한다.

엄마도 입원하고 싶은 맘인데 아버지께서 입원 안 했으면 하시는 것 같다. 무거운 마음으로 잠을 청한다. 다음날 아침밥을 먹고 아버지와 거실에서 대화를 나누었다. 엄마 벌써 2주 동안 항생제 약을 먹고 있는데 육안으로 보면 괜찮지만 이렇게 길게 항생제를 복용하다 보면 나중에는 내성이 생겨서 안 듣고 당뇨도 있으셔서 잘 낫지 않으니 걱정이라 하니, 아버지께서도 벌써 시간이 그렇게 되었냐며 입원해야겠다고 하신다. 아버지 마음에도 변화가 생긴 것 같아서 정말 다행이다. 내일 입원하기로 했다. 엄마와 나는 엄마 입원 후 아버지 드실 추어탕, 콩조림, 연근 조림을 준비했다.

　어머니는 다음날 입원하신다. 일주일 뒤 완쾌된다고 한다. 엄마가 봉와직염으로 3주 만에 이제 낫는다니 정말 기쁘다. 나는 감사 일기에 미래 감사를 계속 썼었다. 엄마가 봉와직염 증상이 다 나아서 감사하다고 매일 적었다. 바라고 그렇게 될 수 있도록 노력하니 이루어진다. 매일 감사, 미래 감사 꾸준히 하며 내 옆에 있는 사람들, 주어진 상황, 사건에 늘 감사하며 감사한 나날들을 살아갈 것이다.

7

불평과 불만이 생길 때마다

홍예원

　가족이 우선이고, 생활력이 강한 우리 남편이 49세의 나이가 되었던 해에 직장을 잃고, 3개월의 시간을 보내게 되었다. 사실, 형편이 넉넉한 상황이 아니라 3개월을 일도 없이 쉰다는 것은 사치일 수도 있는 상황이었다. 그래도 당장 나가서 일자리를 알아보라고 바가지를 긁는 속 좁은 마누라가 되고 싶지는 않았다. 어깨가 늘어진 신랑에게 " 괜찮아!, 그동안 수고했으니, 조금 쉬었다가 하고 싶은 일을 시작해 봐요!"라고 말했다. 말과 달리 나의 마음도 한편으로 걱정은 되었지만 내색하지 않았다.

　한 달 동안은 서로 큰 스트레스 없이 잘 보냈다. 여행도 다녀오고, 운동도 함께하며, 소소한 행복감도 있었다. 그러나 시간이 가면 갈수록 신랑은 조금씩 말도 적어지고, 방 안에서 누군가와 소곤소곤 통화도 하고, 일자리를 알아보는 듯했다. 사실, 신랑은 일식 요리를 했던 사람이다. 여유자금이 있다면 본인의 기술을 살려 일식집을 해보라고 권하고 싶었지만, 여유자금은커녕, 대출을 받아 부담을 안고 시작하고 싶은 마음은 없었다. 적지 않은 나이로 인해 일식집 취업은 쉽지 않았다.

두어 달쯤 지나, 몇 번의 이력서를 제출하고도 연락이 없자, 부담이 커지는 듯 답답해하는 신랑은 자주 짜증을 내기 시작했다.

공과금 고지서를 들고 들어와서도 아이들이 과자를 사달라고 해도 하물며, 아이들 학원비를 내야 하는 날에도 사사건건 잔소리를 하기 시작했다. 드디어 어느 날 나는 참을 수가 없었다. 잔소리와 짜증에 가족 모두 신경질이 가득 차 있었다. 아이들은 아이들대로 나는 나 대로 "내가 나가서 돈을 벌어오라는 것도 아니고, 천천히 여유를 갖고 휴식하며 일자리를 알아보라 했는데, 뭐가 조급해서 그렇게 온 식구들을 괴롭히냐?, 조급하다고 오라는 데도 없는데." 말이 끝나기 무섭게 남편은 나를 쏘아보며, "너의 그 작은 부수입으로 얼마나 버틸 수 있을 거 같아서 그렇게 소비를 줄이지도 않고, 수입이 있을 때나 없을 때나 똑같은 생활을 하려고 하냐?, 어떻게 마음 편하게 지내냐?" 큰소리를 쳤다. 말싸움은 끝이 없었다.

지칠 대로 지친 나는 곰곰이 생각을 했다. 내가 보는 남편의 성격은 남의 말을 잘 안 듣고, 주관적인 사람이다. 본인의 주장도 강하고, 책임감도 강하다. 그러나 몸은 약하다. 남이 한 일도 잘 믿지 못하는 편이라 꼭 다시 검토하는 스타일이다. 나는 적지 않은 나이에 새로운 직장에 가서 적응이 쉽지 않을 거라는 생각이 들었고, 신랑이 잘하는 일이 무엇인지부터 생각해 보았다. 일식, 운전, 청소, 정리, 동. 식물 키우기 등 마땅히 딱히 취미를 살려가며 할 일이 떠오르지 않았다. "직장을 가되, 크게 옆 사람의 간섭 받지 않고, 자기 일을 할 수 있는 직업이 무엇일까?" 묻자, 신랑은 택시기사? 버스기사? 청소대행업? 이런저런 직업을 나열하기 시작했다. 나열하는 직업들이 맘에 들지는 않았지만, 신랑과 다투고 싶지 않아 일단 아무 말도 하지 않았다. 며칠 후, 고민 끝에 나는 신랑에게 "운전은 30년 넘게 했으니, 대형면허를 따서 버스회사에 입사해보겠냐?"는 제안을 했다. 그 일을 한다고 하면 일단 면허시험장이랑 버스회사 입사 방법을 알아보라고 했다. 다음 날 아침 일찍 집을 나서는 신랑은 면허시험장을 가서 접수하고 3일 만에 대형면허증을 받아왔다. 그리고 버스운전 연수를 받고, 3주 만에 마을버스 회사에 입사하게 되었다.

그렇게 한고비 넘은 듯하였다. 하지만 그것이 시작이었다. 사고 발생 시, 마을버스에서 일반 버스회사에 취업이 어렵다는 것이다. 최종 목적은 경력을 쌓아서 일반 시내버스 회사로 옮겨가는 것이었다. 그런데 입사 후 2주 만에 두 차례의 작은 접촉사고가 일어났다. 회사에 보고해서 보험 처리할 경우, 사고기록이 남으니, 개인이 합의를 보고 처리해야 한다는 것이다. 사실 나의 병원비에, 남편의 실직에, 생활고가 시작되었다. 그런데 신랑이 작은 접촉사고를 내고 오니 합의금을 줘야 했고, 짜증이 밀려왔다. 남편이 어린아이처럼 실수하는 것이 자꾸 용납되지 않아, 다투게 되었다. 남편 또한 일이 서툴고 실수를 하니 스스로 스트레스를 받았다. 남편은 적응하느라 고군분투 중이었으나, 나는 그런 남편을 이해하기는커녕, 남편에 대한 불만이 쌓여가기 시작했다. 늦은 시간까지 식사도 못 하고, 일하고 들어오는 남편도 못마땅했고, 거기다 사고까지. 그렇게 한 달의 시간이 지나 받아온 급여는 60만 원 안 되는 적은 금액에 너무도 당황했고, 분노가 일었다. 수습 기간이 있고, 보름치 급여를 후 지급하는 시스템이라는데, 경제적인 어려움이 모든 순간을 지옥으로 만들어 갔다. 신랑이 하는 모든 일이 맘에 들지 않았고, 더욱이 우울증에 대인기피증까지 앓고 있던 나는 매일 남편과 전쟁 같은 시간을 보내야만 했다. 남들이 보면 돈을 적게 벌어오는 남편에 대한 원망일 수 있어 이상한 소리 한다 할 수 있으나, 나는 그 시간처럼 남편에게 불평하며, 화를 내고, 원망스러운 시간을 보내기는 처음이었다. 경제적인 모든 상황이 남편 탓만 같았고, 적자인 생활에 친정엄마에게 부탁해야 하는 모든 상황이 '너(남편) 때문에'라는 생각이 떠나질 않았다.

하루는 친정엄마가 부르셨다. 힘들어하는 딸에게 옷도 사주시고, 밥도 사주셨다. 그리고 봉투 하나를 주셨다. 힘들어도 아껴 쓰고, 지금 너의 상황보다 더 힘든 상황의 사람들도 많다면서 그럴 때마다 화내고, 짜증을 내고, 서로 미워하면 둘이 얼마나 힘들겠냐 하시며 시간이 해결해 준다 생각하고 밝게 웃고 지냈으면 좋겠다. 그리고 집에 가서 거울을 보라고 말씀해주셨다.

집으로 돌아와 거울을 보았다. 거울 속의 나의 모습은 몹시 심술궂은 마녀 모습으로 보였다. 거울에 비친 내 얼굴에는 불만이 무엇인지? 왜 표정이 저렇게 무섭고 사나워 보이는지? 속상했다.

커피 한 잔을 준비해 앉아서 노트를 펴놓고, 하나하나 적었다. 화나고, 불만이고, 욕하고 싶은 모든 것을 정화 없이 모두 노트에 기록을 시작하였다. 누가 들어주는 것도 아니지만 맘은 좀 편해지는 것 같았다.

그래서 남편과 대화가 안 될 때, 남편이 너무 미울 때, 화가 날 때, 모든 부정적인 맘이 생길 때, 정화 없이 표현하며 기록해갔다. 한동안 뿔난 노트를 적으면서 지냈다. 그러다 보니 조금씩 화며 불만을 내려놓는 듯하였다. 스스로 놀라기도 하고, 누군가에게 미안한 마음이 조금씩 생기기도 하는 순간이 찾아오기도 했다. 미안함이 마음의 변화를 불러주고, 용서되어 주고, 용서가 고마워지는 순간 모든 것이 나의 마음의 문제였다는 것을 깨달았다.

하루는 처음으로 노트에 기록한 내용을 보면서 어이가 없기도 하고, 웃음이 나기도 하고, 눈물이 나기도 했다. 내가 이런 마음으로 남편과 아이들을 대하고 있었구나! 그렇게 당하고 있던 내 가족은 정말 힘들었을 것 같다는 생각이 스치며 너무도 미안했다. 그런데

도 쉽게 머릿속과 나의 가슴은 따로 움직이는 듯, 나의 행동은 바로 고쳐지지 않았다. 남편은 남편대로 위로와 공감을 받아 주기 원했을 것이다. 나는 나대로 나를 위로해 주고 감싸주기 바란 것 같다.

　나를 지켜봐 주시던 지인이 나에게 충고를 해 주었다. 감사한 마음을 갖고 기도해보라고 하셨다. 그냥 작은 사소한 것에도 감사하다고 표현하면 감사한 일로 돌아온다는 것이다. 남편이 들어오면 "오늘 하루도 수고했다." 가족을 위해 감사하다고 표현하면 가족들도 너를 이해해 줄 것이라고 했다. 남편이 들어왔다. 마음먹으니 입이 더 안 떨어지고 쑥스러웠다. 그래서 다음 날, 메시지를 보냈다. "안전하게 조심히 다니세요! 힘내세요. 그리고 감사해!"라고 보냈다. 남편에게 뜻밖의 답장이 왔다. "고맙다! 사랑한다."라고 그날 이 한마디 답장을 수백 번도 더 들여 다 봤다. 그것이었다. 그리고 지금까지 매일 나는 감사의 표현을 남편에게 보낸다. 두 아들에게도 더 많이 표현한다. 처음이 힘들었지만, 지금은 너무 자연스러워졌고, 대신 나는 누군가에게 화나는 일, 속상한 일, 서운함이 생기면 직접 얘기하거나, 말하지 않는다. 대신 뿔난 노트를 활용한다. 뿔난 노트는 결국 시간이 지나면 해결책을 알려주었고, 이해할 수 있는 마음을 갖는 시간이 되었다. 고마움과 감사로 나에게 또 다른 기쁨을 준다는 사실까지 알게 되었다. 작은 감사 표현 하나로 나의 마음은 온전히 평안함을 찾았다.

8

오늘이 마지막이라면

최서연

"메멘토 모리(Memento mori)"

메멘토 모리는 "너도 반드시 죽는다는 것을 기억하라"는 뜻의 라틴어다. 결국 끝이 있는 삶을 살면서 천년만년을 살 것처럼 욕심을 부리는 나는 메멘토 모리를 되뇐다. 태어나는 것은 순서가 있지만 세상을 떠나는 날은 아무도 모르기 때문이다. 왜 그렇게 미워하고 질투했던 것일까? 매일 각자의 모래시계가 줄어들고 있다. 모래시계의 모래 양은 줄일 수 없지만, 속도를 늦출 수 있는 것은 '감사'라는 장치다.

이십 대에 대학병원 간호사로 근무했을 때 일이다. 환절기면 어김없이 천식 환자들이 입원을 한다. 재발이 많기 때문에 여러 차례 입원하는 환자도 있다. A라는 60대 여성은 오랜 천식으로 인해 잦은 기침을 해서인지 목소리가 많이 쉬어 쇠 소리가 났다. 언제나 미간은 찡그린 상태였고, 말투에 짜증이 가득했다. 몇 주간의 약물치료가 끝난 후 퇴원할 때조차 그녀는 웃지 않았다. "또 입원할 건데요. 뭘."이라고 투덜거리며 병원 밖을 나갔다.

B는 초등학교 여자아이였다. 주로 엄마가 간병했고, 주말에는 지방에서 근무하던 아빠가 병실에 있었다. 다리뼈가 부러져서 수술을 했는데 합병증으로 계속 염증이 생긴 상태였다. 뼈가 붙지 않았고 감염이 심해서 고용량의 항생제를 쓸 때도 있었다. 다리 소독을 위해 병실에 갈 때면 B는 언제나 호기심 가득한 눈으로 자신의 상처 부위를 보면서 담당 의사에게 이것저것 물었다. "안 아프니?"라고 물었더니, "참을만해요."라고 씩씩하게 답했다. 소독이 끝나고 나올 때면 B의 엄마는 아이를 쓰다듬으면서 웃었고, 의료진에게도 감사하다고 꼭 인사를 했다.

아프거나 다친 것은 상황이다. 상황은 변하지 않는다. 어떤 원인에 의해서 그런 일이 벌어진 것이다. 원인을 탓하기보다 일어난 일을 대처하는 자세가 중요하다. 나는 '인품, 인격'이라는 단어를 좋아한다. 사람의 품격은 누가 만들까? 자신이다. 어떻게 품격을 만들 수 있을까? 힘든 상황에서 평상시 자신이 바라던 모습을 그리면서 그대로 해내는 것이다. 상황이 좋을 때 잘하는 것은 누구나 가능하다. 원치 않은 환경에서도 맡은 일을 해내는 것이 인품을 드러내는 것이라고 믿는다. 그러기 위해서 매일 감사 일기를 쓰면서 나를 돌아보는 훈련을 한다.

서른 살 중반에 보험설계사로 일했다. 기존 고객에게 소개받아 사당동에 있는 40대 여성 C를 찾아갔다. 가입된 보험증권을 살펴보니 암 진단금이 천만 원밖에 없었다. 암 진단금은 급여의 6개월 치 또는 1년 연봉 정도 마련해두기를 추천하는데, C는 필요 없다고 했다. "저희 가족들 다 건강해요. 추가로 또 돈을 내는 것도 부담되고요." 한 달에 3만 원만 더 내고 부족한 암 진단금을 꼭 준비하도록 몇 번이나 연락했으나, 계약은 성사되지 않았다. 6개월 정도 지났을 때 C에게 연락이 왔다.

"저 지금이라도 보험 가입이 가능할까요? 그때 서연 씨가 가입하라고 할 때 할 걸 그랬어요."

목소리가 떨렸다. 몇 달 전 만났을 때와 다른 느낌이라 무슨 일인지 물었다. 직장검진을 하다가 암을 진단받았다고 했다. 이미 진단된 뒤라 가입이 어려웠다. 최소 90일 전에만 가입했어도… 끝을 알았다면, 가까운 미래에 자신이 어떻게 될 줄 알았다면 그녀는 분명히 암 보험에 가입했을 것이다. 마찬가지로 우리는 모두 같은 결론을 향해 오늘을 살아가고 있다. 명확한 결론. '우리는 모두 죽는다.'

경주마처럼 앞만 보고 달려가면서 많은 것을 놓쳤다. 아침부터 저녁까지 책상에 앉아 일하느라 개나리가 피고, 장미가 지는 것도 몰랐다. 휴대폰만 보느라 맑은 하늘도 한 번 올려다보지 못했다. 고된 스케줄로 급기야 병원 침대에 누워 주사를 맞으면서 생각했다.

'무엇을 위해 이렇게까지 해야 하지? 아프고 나면 결국 아무것도 하지 못하잖아. 어디서부터 꼬인 실을 풀어야 할까? 이건 내가 원하는 삶이 아니야.'

먼 미래를 바라보느라, 오늘의 나를 학대하고 있었다. 몇 번의 병원 신세를 더 지고서야 생각 정리가 됐다. 24시간. 주어진 하루의 삶부터 잘 살아내기로 다짐했다. 오늘 만나는 사람, 해야 할 일, 하고 싶은 일, 먹고 자는 것 모두 오늘 딱 하루만 가능한 일이라고 마음을 바꿔서 생각했다. 대화에 더 집중하게 됐고 할 일을 미루는 습관이 줄었다. 일과를 마무리하고 집으로 들어가 신발을 벗으면서 나에게 이야기한다.

"최서연. 오늘도 멋졌어. 잘 살았다."

오늘이 마지막이라면,
오늘이 내 삶의 마지막 날이라는 것을 안다면,
나는 더 사랑하고 감사하는 날을 보낼 것이다.

🌸 **책 추천**

- 인생의 밀도(강민구, 청림출판, 2018)
- 스스로 행복하라(법정, 샘터, 2020)

9

후회하지 않기 위한 최선의 길

김명주

최선을 다했는데 엉뚱한 방향으로 흘러가 숨고만 싶던 날들이 있었습니다. 호기롭게 다시 도전한 일에서 쓴잔을 마시던 날. 아무리 생각해도 이해가 되지 않아 주변 상황, 운을 탓하기도 했습니다. 훗날 돌이켜보니 얼마나 한심하고, 어리석게 느껴지던지요. 모든 게 내 탓 같은 날도 있지만, 아무리 생각해도 받아들이기 힘들 때도 있었습니다. 무조건 내 탓을 하며 억지로 참다 보니 자기 비하의 늪에 빠졌습니다. 생각과 감정의 분리가 쉽지 않았습니다. 후회하지 않는 선택을 하고 싶고, 후회감이 들어도 이를 인정하고, 더 잘해 내고 싶었습니다.

자기 계발과 심리 관련 강의를 듣고, 공부하면서 객관적으로 점검해 볼 수 있는 시간을 가졌습니다. 실패 속에 현상과 감정에서 못 벗어나 되새김질만 하던 모습을 발견했지요. 정작 그 일들이 가르

쳐준 배움은 무엇인지, 어떻게 달라져야 하는지를 생각하지 못했습니다. 지난날의 경험은 무엇으로도 살 수 없는 귀하고 감사한 일들이었다는 것이 받아들여지기까지 시간이 걸렸습니다. 깨달았다고 해서 바로 적용하거나, 그 상황을 감사하기는 어려웠습니다. 긍정적으로 변하고 싶었습니다. 배우고, 느끼고, 깨달은 것을 행동으로 표현하기까지 꾸준한 노력이 필요했습니다.

평범하고 소소한 일상 가운데 주어진 작은 것부터 감사를 표현하기 시작했습니다. 익숙하지 않은 감사 표현을 말과 글로 전하는 게 어색하고 민망하기도 했습니다. 그래도 계속 표현하다 보니 어려움이 사라졌습니다. 오해를 받거나, 어려운 상황이 발생했을 때, 쌍방향의 관계에서는 시간이 더 필요했습니다. 불편해지거나 안 좋은 결과를 마주했을 때, 감사는 생각도 안 나고 후회와 허무감에 빠져 허우적거렸습니다. '그럼에도 불구하고 감사'를 적어놓은 노트를 들여다보며 감사를 찾을 수 있는 눈과 마음의 지혜를 구했습니다.

무슨 일이 생기면 서로 달려가 주고, 응원과 격려를 아끼지 않았던 친자매 같은 언니와 한동안 연락이 끊겼습니다. 어느 날 큰 딸아이 학교 등록 마감 한 시간을 앞두고 걸려온 전화 한 통. "명주야, 요즘 혹시 어려운 일 있니? 얘기해 봐."라며 전화기 너머 따뜻하게 울리는 목소리에 깜짝 놀랐습니다. 나도 모르게 울음 섞인 목소리가 나왔습니다. 당장 계좌번호를 부르라고 한 지 얼마 되지 않아 핸드폰으로 알람 문자가 왔습니다. 바로 문제가 해결되었습니다. 나중에 알았습니다. 언니 역시 여유가 있는 상황은 아니었다는 것을요. 먹먹하고 고마운 마음 가득해서 나도 누군가에게 도움이 필요하다면 조용히 그 필요를 채우는 사람이 되고 싶어졌습니다. 이후로도 가끔 고민되는 일이 있거나 결정이 어려운 상황이 생길 때마다 내 생각난다며 먼저 전화를 준 언니가 그저 고마웠습니다. 든든했습니다. 사는 곳이 다르고 거리가 멀어도 문제 되지 않았습니다. 이렇게 귀한 인연에 감사했는데 언젠가부터 전화를 해도 받지 않고, 문자에도 확인이 늦고 답이 없었습니다. '무슨 일이 있겠지', '연락이 다시 올 거야'라며 애써 좋게 생각했습니다. 시간이 흐르다 보니 염려와 걱정으로 바뀌었습니다.

답답한 마음에 저녁 산책 중에 걷다 보니 아차 싶은 생각이 떠올랐습니다. 여러 가지 고마운 일들과 함께 미처 감사한 마음을 제대로 표현하지 못한 것이 생각났습니다. 후회가 올라왔습니다. 늦더라도 용기 내서 감사를 전해야겠다는 마음이 들었습니다. 부정적인 생각이 들 때마다 도리질 치며 마음을 가다듬고 썼다 지웠다 반복했던 문자를 전송했습니다. 부디 좋은 모습으로 다시 만날 수 있기를 바랐습니다. 애정어린 관심과 사랑, 마음 다해 도와주었던 고마움을 제때 표현하지 못해서 미안했고, 늦게나마 이렇게라도 마음을 전하고 싶다고 썼습니다. 건강하게 잘 지내다가 꼭 좋은 모습으로 만날 수 있기를 바라는 소망을 담아 전송했습니다. 1년 정도의 시간이 흘러 반가운 연락을 받았습니다. 그토록 그리운 언니였지요. 그동안 아버님의 건강이 급속도로 안 좋아지셔서 가족끼리 교대로 보살펴 드렸고, 다른 어려운 일도 있었다고 합니다. 당장이라도 보고 싶다고 말해주었습니다. 그저 기쁘고 반갑고 감사한 마음이었습니다. 근무하다 잠시 화장실 가서 눈물을 훔치고 왔는데 날아갈 것 같았습니다. 또 하나의 배움을 얻었습니다. '감사가 떠오르면 바로 행동으로 표현하자' 아무리 오래된 지난날의 일일지라도 말입니다. 마치 엉켰던 실타래가 술술 풀리는 듯했습니다.

일하느라 피곤하고 바쁘다는 이유로 남편과 딸아이들에게 무심했던 날들. 미안함이 마음에 자리 잡고 있었습니다. 가족들에게서 아쉬움과 서운함이 보일 때면 속으로는 미안하면서도 당시에는 최선이었다고 말하기도 했습니다. 합리화였지요. 하지만 과연 최선이었나 생각해보면 자신이 없습니다. 그래서 또 후회스러웠습니다. 그러다가도 이해받지 못해 속상한 마음이 들 때면 혼자 끙끙 앓다가 아무렇지 않은 듯 헤헤거리며 웃어넘기곤 했습니다. 자기표현이 잘되지 않던 터라 쌓아두기만 했던 불편한 감정은 부풀어 오른 풍선이 빵 터지듯 큰 싸움으로 폭발했습니다. 그때 남편이 했던 말이 아직도 귓가에 생생합니다. "이 사람아. 말을 하지." 너무나 간단했습니다. 말로 표현하는 것보다 편지나 문자 등 글이 더 편했습니다. 달라져야 했습니다. 남편과 그간에 가졌던 생각, 감정 등 솔직하게 이야기를 나눈 뒤 해결책을 구했습니다. 가족 대화시간을 늘리고 함께하는 시간을 많이 갖기 위해 매주 한번씩 가족모임을 하기로 했습니다. 나만 힘들고 어려웠던 것이 아니라 남편과 아이들도 각자 그 시간을 잘 견뎌왔음이 대화 가운데 가슴으로 느껴지던 날. 지난날부터 지금에 이르기까지 그때그때 생각나는 감사의 마음을 꾸준히 전하기로 했습니다. 날마다 숫자를 표시해가며 매일 아침 가족 단톡방과 개인 문자로 감사와 칭찬, 격려, 응원의 메시지를 보내고 있습니다. 함께 한 우리 가족의 삶이 축복이었다고 느껴지도록 하는 최고의 방법이 바로 '감사'임을 믿기 때문입니다. '후회하지 않기 위한 최선의 길'은 감사라고 생각합니다. 감사를 행동으로 최대한 많이 표현하자고 다시금 다짐해 봅니다.

제4장

궁금해요 '감사'

1

부당한 일을 당했을 땐 어떻게 감사해야 하나요?

홍예원

억울함을 당하다 보면 자꾸 말이 길어지고, 차츰 마음의 문을 닫게 된다. 아무도 나의 말을 들어주지도 않고, 믿어주지도 않음에 상처를 받지 않기 위해 철저히 자신을 보호하려는 잠재의식으로 모든 것들을 차단한다. 그런 일이 나에게도 있었다. 사업을 시작할 무렵, 구두상의 설명을 문서로 작성하다 보니 나중에 착오가 생긴 것이다. 내가 책임지지 않아도 될 모든 상황이 내가 책임을 쳐야 하는 상황으로 바뀐 것이다. 상대는 그것을 노린 듯했다. 첫 단추를 잘못 낀 나의 사업은 결국 신경 쓰지 않아도 될 일에 휘말리면서 정신적인 괴로움과 함께 시작되었다. '왜 이리도 운이 없는 것인지?' 안 되는 모든 일을 누군가의 탓으로만 돌리고 싶고, 한숨만 나왔다. 내가 좋아서 시작한 일이었는데, 결국 나는 모든 상황을 포기해야 했다. 깔끔하게 시작과 정리가 되지 못한 모든 상황이 원망스럽고 분했다. 누가 이 분하고 억울한 마음을 받아 주고, 처벌해 준다면, 나는 바로 달려가서 목숨이라도 바치고 싶은 심정이었다. 하지만 아무도 없었다. 모두 나만 탓하고, 손가락질하는 듯해서 스스로 작아지기만 했다. 일을 접고 나서도 나는 한참을 숨어있었다. 스트레스로 건강도 잃고, 결국 나는 아프기까지 했다.

시간이 지나고 나서야 나는 알게 되었다. 그 일이 내가 살아가는 데 그렇게 크고 중요한 일은 아니었다.

현재 지금 나라는 테두리에 갇혀 당장은 큰일이고, 무너질 괴로운 일이라 할지라도 그 순간에 마음을 어떻게 갖고 행동하느냐? 결정하느냐? 가 중요하단 사실이다. 하지만 사람은 자신에게 생긴 모든 크고 작은 일에 가장 큰 위협을 느낀다.' 생각하기 때문에, 그때의 나처럼 모든 것을 포기하거나, 정리하고, 상처를 받고 만다. 많은 시간이 흐른 지금도 나는 그때의 일이 기억하고 싶지도 않을 만큼 힘든 일이었다. 계속 그 일의 잔상이 나도 모르게 따라다닐 때가 있다. 생각이 날 때마다 다른 생각을 한다든지 아니면 운동을 한다든지 다른 행동을 하며 잊으려 노력했다. 그러나 쉽지 않았다.

사람을 볼 때도 있는 그대로 보이지 않았다. 그러다 보니 정상적인 인간관계가 힘들었고, 누군가 솔직하게 모든 상황을 공유할 만한 친구를 만나기조차 힘들었다.

누군가는 용서하고 잊으라고 하겠지만, 용서하고 잊는 방법조차 물어보고 싶었다. 마음에서 지우고 싶은데 지워지지 않아 또 다른 나를 마주해야 하는 상황이 너무 싫었다. 극복하고 싶어졌다.

친분이 있던 선생님께서 나에게 말해 줬다. "마음에 상처를 누군가에게 말하기 힘들면, 기록해보라고 했다." 그게 방법이 될까? 순간 그것이 방법이라고? 의문이 생겼다. 하지만 딱히 방법을 알 수 없기에 해 보기로 했다.

일상생활을 하다가 문득 스치는 순간에도 나는 기록을 했다. 그때의 상황 왜 그랬는지, 따지듯 쓰기도 했고, 타일러 주기도 했다. 내가 표현하고 싶은 말, 그때의 심정에 빠져 기록을 놓지 못하는 날도 있었다. 그렇게 작성한 노트가 한 권을 채워 갈 무렵, 내가 무슨 짓을 하고 있나 싶기도 했고, 과거의 모든 상황을 지우려고 작성한 글이 자꾸만 생각을 더 떠올리게 해서 나를 괴롭히고 있는 듯했다.

뭔가 잘못된 듯싶어 나에게 제안해준 선생님을 만나 상의를 했다. 나의 마음 상태와 노트 때문에 답답함을 전하자, 읽어봐도 되겠냐고 물으셨다. 조금은 망설여졌고, 부끄럽지만 보여드렸다.

몇 장을 천천히 넘기며 읽어보신 선생님은 아직도 분노와 원망이 가득하다며, 분노와 원망이 없어질 때까지 써보라고 하셨다. 원하는 답도 방법도 아니었다. 집으로 돌아와서 한동안 노트를 보지도 펴지도 않았다.

하던 일을 마무리 짓지 못하고 뭔가 숙제가 남아 있는 것 같은 기분이 나를 괴롭혔다. 내가 문제인가? 이번엔 노트에다가 맘에 들지 않은 나를 최대한 객관적으로 기록했다. 그리고 내가 문제라고 느껴지고 답답할 때마다 펜을 들고 기록했다. 몇 날 며칠을 반복해가면서.

　그리고 기록했던 글들을 한 번도 읽어보지 않았던 내가 하루는 읽기 시작했다. 읽어보니 내가 하고픈 모든 말 마음을 다 표현했네! 라는 가벼운 마음이 들기 시작했고, 바로 이어 나에 대해 나름 객관적으로 기록한 글도 읽다 보니 눈물이 흘렀다. 결국은 내 탓이었다. 내가 선택한 것이고, 내가 판단하고, 결정하고 한 모든 일의 시작이었다. 첫 사업에 실패하고 3년 만에 나는 답을 찾은 것이다. 한바탕 눈물을 흘리고 났더니 마음이 씻긴 듯 속이 후련해졌다. 이젠 말할 수 있다. 내가 선택한 일에 대한 모든 결과는 언제나 내 몫이다. 그 진실 하나를 긴 시간 스스로 괴롭히며 알게 된 사실이다.

　선생님께서는 내게 모든 것을 기록해 보라고 하셨던 이유가 용서하라, 그리고 이제라도 내려놓으라는 뜻에서 기록하라고 하신 것을 나는 원망과 분노와 감정을 거침없이 상세히 기록하다 보니, 기억이 더욱 생생해지며 힘들었던 것이었다. 용서하는 마음마저도 생기지도 않았다는 사실이다. 더불어 누군가에게 저주하듯 아픈 말을 하는 순간, 그 아픔이 내게 찾아온다는 사실 또한 깨달았다. 내가 선택한 일에 상대를 탓한 점, 시간이 흐른 뒤에도 원망과 분노를 내려놓지 않은 점, 등을 기록했다. 고마움과 미안함 그리고 감사의 마음을 표현하기까지 시간은 걸렸지만, 어느 순간 자연스레 표현하게 되고, 평안도 찾아가고 있었다. 지금은 모든 것을 내려놓았고, 그 시절을 떠올려도 힘들거나 분노나 화가 나지 않는다.

가끔 선생님을 뵙곤 한다. 사실, 우물 안 개구리처럼 생활하면서 늘 나만 바라보던 나에게 세상을 바라볼 방법을 조금씩 안내해 주신 분이다. 나의 감정, 분노 조절 장애가 심했다는 것을 알지만 나는 그 순간 차오르는 분노가 폭발하면 아무도 말릴 수가 없을 정도였다. 그래서 선생님께서는 나에게 예쁜 노트 한 권을 선물해주셨다. 이번엔 예쁜 감정표현, 말하기, 하루에 한 가지씩 감사한 일 찾아 기록하기 과제를 주셨다. 아이들이나 하는 과제 아닌가! 싶었지만 매일 한두 줄씩 기록했다.

감사한 일을 매일 찾아 적는 일은 쉽지 않았다. 때론 그 노트 한 권이 분노 거리가 되기도 하고, 잊기도 하고, 그렇게 6개월 정도의 시간이 흘러 선생님을 뵙게 되었다. 노트도 갖고 오라는 지시와 함께. 선생님은 나에게 감정을 다스리는 법과 예쁘게 표현하고 감사하는 마음을 심어주고 싶으셨다고 한다. 늘 피해와 분노 속에서 상처만 바라보는 나의 모습이 너무도 안타깝다 하신다. 나는 내가 객관적으로 나를 볼 수 없었다는 사실과 훈련이 필요했다는 사실, 병원이 아닌 감사와 예쁜 말 쓰기로 나를 변화시켜가고 있었다. 그런데 정말 놀라운 사실은 그때까지도 나는 세상에 감사 일기라는 말을 들어 본 적이 없었다. 책을 읽지도 않았고, 누군가에게 들어보지도 않았고, 시간이 흐르고 얼마 전에서야 감사 일기장을 우연히 발견했다. 지금은 감사 일기의 기록뿐만 아니라, 나의 마음에 감사를 품고 생활한다. 그것이 나를 살린 길이다.

2

몸이 피곤하고 힘들 때에도 감사해야 합니까?

김성신

나이 50을 넘기면서 쌩쌩하던 몸에 문제가 생기기 시작했다.

작년 5월 왼쪽 어깨에 처음으로 통증이 와서 팔이 올라가지 않았다. 내가 당하기 전에는 정말 알 수가 없다. 팔을 들어 만세가 절대 안 된다. 정형외과에 가니 어깨 부분의 뼈와 근육이 굳기 전에 움직이라고 했다. 움직일 때마다 눈물이 자동으로 줄줄 났다. 그래도 어깨 근육이 굳어 버리기 전에 움직이고 운동해야만 한다. 차라리 피곤하면 쉬거나 한숨 자고 일어나면 되지만 이건 정말이지 너무 아프고 괴롭다. 몇 달을 고생하고 눈물 어린 운동을 이를 악물고 해서 겨우 왼쪽 어깨가 어느 정도 나았다. 사람은 망각의 동물이라고 했던가. 통증이 나아지자 아팠던 기억은 잊었다. 그런데 이번에는 오른팔이 안 올라간다. 도서관 문을 잠그는데 팔이 안 올라간다. 아프다. 아……. 오른쪽 어깨 통증의 시작. 예전의 악몽이 떠오른다. 밤에 눈물 흘리며 움직였던 기억들. 정말 떠올리고 싶지 않은 기억들이다. 그럴 때도 감사해야 할까?

감사 일기를 펼쳤는데 팔이 저려서 글씨가 잘 써지지를 않는다. 그러니 감사 일기가 푸념과 평계의 장이 되고 있었다. 마치 함께 감사 일기를 쓰는 사람들에게 나 이렇게 아파요…… 하는 듯했다. 하지만 그래도 그런 날은 그런대로 아파서 깬 건 깬 거고, 시원한 바람이 서늘하니 불어온 건 다른 일이다.

아니! 아파 죽겠는데 시원한 바람? 그걸 나눠보는 거다. 그렇게 따지면 내가 아프다는 걸 시원하고 고마운 바람이 알겠는가. 지금도 오른쪽 어깨가 아프다. 아직 진행 중이고 설상가상 디스크까지 보인단다. 어느 날은 겹쳐서 오니 팔이 저릿저릿하다. 하지만 오래 갈 것을 경험으로 알기에 조금씩 호전되길 바라며 매일 감사 일기를 쓰고 있다.

몸이 피곤하고 힘들다는 것은 열심히 무언가를 했다는 뜻이고 열심히 살았다는 뜻이다. 오늘 하루도 무사함에 감사할 일이다. 내가 아픔에 집중하면 더 아프다. 운동, 치료 모두 정해진 시간에 하고 매일 좋아진다고 미래 감사 일기를 써보자.

'어깨가 아파도 두 다리는 건강하니까.' 하면서 가족 여행에도 따라나섰다. 비록 활동성이 좋은 다 큰 아들과 그가 좋아하는 물놀이를 함께 할 순 없지만 이렇게 나만의 시간을 갖고 예쁜 카페에서 글을 쓸 수 있으니 이 또한 세상 감사할 일이다. 감사는 내 옆에 있고 내 안에 있다. 내가 감사하면 감사한 일이고 그 감사는 예쁘게 다시 나에게 돌아온다. 그러니 몸이 피곤하고 힘들 때도 감사하자. 나에게 일이 있고 사람이 있다는 증거다. 분명 감사할 일이 생길 것이다.

그렇다면 몸보다도 진 빠지는 마음이 아플 때는 어떻게 하면 좋을까. 사실 마음이 아프면 몸도 아프고 세상만사 다 귀찮고 눈물도 나고 정말 힘이 든다. 이럴 때는 내가 살아있음에 감사하자. 내가 살아 숨 쉬고 있으니 아픈 감정도 있고 속도 상한 것이다. 나는 코로나 감염 이후 예전처럼 뇌가 잘 돌아가질 않는다. 하고 싶은 일들을 예전처럼 빠르게 해결하지 못한다. 알아보니 나만 그런 건 아닌 듯하다. 블로그 등등 SNS 업로드가 전혀 안 되고 있다. 매일같이 올리던 때가 마치 저 옛날의 얘기 같다. 최소한의 집안일과 도서관 출근, 독서실 업무를 보고 집에 퇴근, 저녁을 차려서 가족들과 먹고 나면 진이 빠진다. 특별히 어디가 아프지는 않다, 어깨 통증과 목 디스크 외에는. 그러니 답답할 때가 많다. 왜 이러지. 예전 같지 않음에 순간 속상한 마음이 든다.

지금 나와 조금이라도 비슷한 증상이나 아픔이 있는가? 그래서 아쉽고 속상한 마음이 들 수도 있다. 하지만 그럼에도 불구하고 감사하자.

더 좋은 일들이 일어나라고 주문을 외우는 것이다. 나는 오늘도 감사합니다. 라고 글로 쓰거나 입 밖으로 말하고 웃어본다. 오늘도 감사한 일들이 생기라고……. 분명히 생긴다. 좋은 일. 감사한 일. 그래서 또 나는 감사하다.

아픔의 끝. 그것은 죽음이 아닐까? 공저를 쓰는 중간에 나는 친정아버지의 죽음을 맞았다. 아버지는 병상에서 누워서 생활하신지 6개월……. 그전에도 아프시긴 했지만 그래도 조금씩 보조 기구를 사용해서 함께 거실에서 TV를 보기도 하셨고 군대 간 손주에게 아빠의 지난 군대 이야기를 들려주시기도 하셨다. 그러나 고관절 수술 후 노환으로 두어 번 넘어지신 후로는 일어나지 못하셨다. 병상의 생활과 고통. 우리가 상상할 수 있는 고통과 아픔일까. 하지만 아빠는 우리를 볼 때마다 감사합니다. 사랑합니다. 라고 어느 순간부터 얘기하셨다. 평소에 별로 말씀이 없으셨던 아버지셨다. 그런 아버지가 한 달에 한번 성당에서 봉성체를 해주러 오시는 신부님께서 장례 미사 때 아빠를 기리며 해주신 말씀이 가슴에 와닿아 많이 울었다. 그 고통 중에도 온몸의 힘을 끌어 모아서 신부인 저에게 "감사합니다" 라고 말씀하셨던 형제님을 기억합니다. 감사하다고 말씀하시며 누워서도 웃으셨던 아버지가 생각나 그립다.

피곤하고 아픈 몸도 나을 수 있는 아픔은 괜찮다. 충분히 감사할 수 있다. 죽음 앞에서조차 감사하며 행복한 표정을 지으신 아버지를 본받아 감사한 삶을 열심히 살아가야겠다.

아버지가 돌아가시고 보름째다. 나는 잘 버텨냈다고 생각했는데 몸이 여기저기 쑤시고 아파서 오늘은 혹시나 코로나가 걱정되는 시국이라 자가 검진 키트로 검사까지 했다. 아버지가 계셨다가 지금은 안 계신 것을 실감하게 하려고 어제부터 몸이 알려주는 것 같다. 몸은 아프지만, 감사 일기는 멈추지 않는다. 내게 아버지가 계셨음을 감사하는 내용을 담고 싶기 때문이다. 그리고 아버지가 안 계신 지금 감사한 마음으로 아버지가 원하셨던 일을 시작하려 한다. 아버지를 위한 감사의 노래를 만들어 영전에 불러드리는 일이다. 이렇듯 마음이 아프고 몸이 아파도 감사해야 하는 이유는 밝은 내일을 희망하고 하루를 정성스레 살아 내기 위함이다. 몸과 맘이 아픈 요즘 일이 많고 아이들은 어려서 힘들고 피곤했던 젊은 날의 일들이 떠오른다. '다 지나가리라' 익숙한 이 한 마디가 위로가 될 때도 많았고 또 다 지나갔다. 속상하고 피곤할 때도 감사 일기장을 펴자. 딱 한 마디. 감사합니다. 라고 적어보자. 분명 감사한 일이 생길 것이고 입버릇처럼 감사하다고 얘기하다 보면 나를 알아주고 함께 해주는 사람들이 생길 것이다.

3

꼭 감사 일기를 써야만 하나요?

이경해

감사가 뭘까? 초등학생 사전을 펼쳐 봤다. '고마움을 느끼는 것' '고마움에 대한 인사'를 감사라고 한다. 검색창에 검색하니 '고마움을 나타내는 인사' '고맙게 여김 또는 그런 마음'으로 나온다. 감사 일기는 이름 그대로 감사를 쓰는 일기이다. 감사 일기가 본격적으로 알려지게 된 계기는 미국 여자 방송인 오프라 윈프리에 기인했다고 알려져 있다. 불행한 어린 시절을 딛고 미국 방송인으로 성공한 계기가 감사일기라고 한다. 그녀는 하루 동안 일어난 일 중 감사한 다섯 가지를 일기에 적었다. 그 일을 10년간 반복했다. 그녀는 이를 통해 성공할 수 있었고 이로 인해 감사 일기 열풍이 불기 시작했다고 한다. 감사 일기에 입문한지 이제 갓 1년이 되었다. 감사를 기록하고 살면서 좋은 추억이 쌓이기 시작했다. 감사에 대한 나의 작은 추억을 풀어보려고 한다.

요즘 아이들은 일찍부터 어린이집에 다니기 시작한다. 이론서에는 만 3세까지는 엄마가 아이를 양육하는 것이 가장 좋다고 한다. 현실은 돌이 지나기 전부터 어린이집을 다닌다. 심지어 엄마 뱃속에서부터 이미 정해진 아이들도 있다. 전업주부이건 일을 하는 엄마이건 구분을 두지 않는다. 집에만 있는 것보다 친구들하고 같이 놀 수 있는 환경을 만들고 싶다는 것이다.

처음 아이를 보낼 때는 30분, 한 시간만 엄마와 떨어져 지내도 만족한다. 아이의 기질과 상관없이 가급적 빨리 어린이집에 적응하길 바란다. 밥도 먹고, 이왕이면 낮잠까지 자고 온전히 하루를 어린이집에서 지내는 것으로 바람이 바뀐다. 육아가 그 무엇보다 힘들다는 것을 겪어 본 엄마로서 그 마음은 이해를 한다. 만 1, 2세의 영아들이 엄마와 분리되어 어린이집에서 지내는 일은 불안함을 가질 수밖에 없다. 엄마라는 품에서 지내다가 낯선 공간에서 모르는 사람들과 함께 반나절 이상의 시간을 보내는 것은 큰 부담이다.

어른들에게도 낯선 공간에서 낯선 사람들과 지내는 것이 어려운데 아이들은 오죽하겠는가? 그중 적응 기간을 참 힘들게 보낸 한 아이가 기억난다. 한 달 이상 적응기간을 가졌던 남자아이인데 오전에 놀이도 잘하고 밥도 잘 먹었다. 하지만 낮잠을 자려고 하면 슬픈 목소리로 엄마를 찾았다. 교사가 이름을 불러주고 어깨를 보여주면 등으로 이동을 해 교사에게 업힌다. 업혀서 잠이 든다. 잠든 것 같아 이불에 내려놓으면 깬다. 어머님께 여쭤보니 할머니 댁에 가도 업어서 재우는데 20분 정도 지나면 푹 잔다고 이야기를 해 주셨다. 다음날도 업고 잠을 재웠다. 20분이 지나 이불에 눕히려는데 눈을 뜨고 엄마를 찾는다. 실패였다. 그래도 포기하지 않았다. 순서가 필요하다고 생각했다. 업고 내려오는 과정에서 잠이 깨니 중간 단계로 잠이든 후에 앞으로 안아서 토닥였다. 완전히 잠이 들면 이불에 눕혀 주었다. 처음에는 이불에 누워 깨지 않는 것만으로 너무 감사했다. 그날 어머님께 이불에 누워 잔 것을 말씀드리며 같이 기뻐했던 기억이 난다. 이후 30분, 한 시간, 낮잠 시간이 늘었고 현재는 자기가 스스로 이불에 가서 혼자 잠을 잔다.

아이의 잠자는 모습을 보고 있노라면 저절로 감사한 마음이 든다. 힘들게 적응해준 아이에게도 감사하고, 아이의 어린이집 일과를 포기하지 않고 지켜봐 준 어머님께도 감사했다. 무엇보다 나와 함께 아이를 번갈아 업고 재워 준 동료 교사에게도 감사하고 또 감사했다. 아이의 적응 기간에 아이와 엄마, 동료 교사에 대한 감사를 일기에 기록하였다. 힘든 과정에서도 감사를 기록하며 언젠가는 어린이집에서 행복하게 잘 지낼 수 있으리라는 희망을 가졌다.

세 살 남자아이 진혁이(가명)가 미니 자동차를 양손에 잡고 굴리며 놀이하고 있다. 이제 막 교실에 들어온 현빈이(가명)가 진혁이 옆에 가서 선다. 진혁이가 자동차를 손에 꼭 쥐고 몸을 돌린다. '현빈아, 진혁이가 자동차 놀이하고 있었어? 현빈이도 자동차 놀이하고 싶어요?' 물었다. 현빈이가 고개를 끄덕이며 진혁이 손에 있는 자동차를 처다본다. 나는 현빈이 옆으로 다가가 '여기 바구니에 자동차 많이 있는데, 현빈이가 좋아하는 게 있나 찾아보자'하며 현빈이의 시선을 돌려본다. 바구니 안에 손을 넣고 자동차를 만지작거리지만, 눈은 진혁이가 가진 자동차를 떠나지 못한다. 어제 귀가 전까지 현빈이는 그 자동차를 가지고 놀이를 하였다. '내일 와서 또 놀자'며 엄마에게 가는 길을 독촉했던 교사의 말을 기억하나보다. 순간 옆에서 자동차를 손에 쥐고 있던 진혁이가 현빈이에게 자동차 하나를 건넨다. 자동차를 받아 든 현빈이의 표정이 밝아졌고 나는 진혁이에게 엄지척을 보여주며 '진혁이, 현빈이한테 자동차 나눠 거야, 정말 고마워'라고 말했다. 자동차를 받아 든 현빈이에게도 '현빈아, 진혁이한테 고마워~ 해야지'하며 격려를 했다. 현빈이가 고개를 끄덕이며 '고'라고 말한다. 아직 말이 익숙하지 않은 세 살이다. 한 음절 표현이 많다. 비록 '고'라는 글자 하나이지만 친구가 장난감을 양보해 준 것에 대한 세 살 아이의 고마움을 표현하는 마음이었다.

혼자 놀이하고 싶었을 텐데 친구에게 나눠 준 진혁이, 나눠 받은 고마운 마음을 표현하는 현빈이, 빼앗지도 않았고 놀잇감을 가지고 도망도 하지 않았다. 두 아이는 기다려 주었고 나눠 주었다. 다툼 없이 놀이를 할 수 있게 만들어 준 두 아이의 행동과 마음에 그날 감사하다고 기록을 남겼다.

감사는 고마움을 표현하는 것이고 감사 일기는 그 마음을 기록하는 것이다. 고마운 마음을 가지고 표현하면 되지 꼭 기록으로 남겨야 할까? 물을 수 있다. 나도 처음에는 그렇게 생각했다. 그런데 글로 남긴다는 건 다른 의미가 있다. 기록을 통해 그날의 내가 느꼈던 감정과 어떤 일로 감사함을 느끼게 되었는지 훗날 들여다볼 수 있다. 나는 마음이 안 좋은 날 지금까지 쓴 나의 감사 일기를 앞장부터 들여다본다. 한 장 한 장 넘기며 내가 어떤 일로 감사를 했고 어떤 꿈을 가지고 살고 있는지 알 수 있다. 좋은 에너지가 된다. 오늘 실망스러운 일이 있었더라도 또 다른 면을 보고 감사한 부분을 찾게 된다.

아침에 일어나서 물을 마시고 오늘 나의 기분과 꿈을 적고 내가 느끼는 감사, 그리고 오늘의 중요한 일을 적는다. 하루 3개씩 감사함을 찾다 보니 사소한 부분에까지 감사하게 되었다. 아침 공기에서 느껴지는 상쾌함, 비 오는 날의 분위기, 눈도 뜨지 못하고 아침밥을 먹고 있는 아이들, 시원함을 선물해 주는 에어컨, 글씨가 잘 써지는 볼펜까지, 사람과 사물, 자연에 대한 감사함을 찾으며 하루를 에너지 넘치게 시작할 수 있다. 오늘 꼭 해야 할 일을 적다 보니 시간을 흘려보내는 것이 아니라 의미를 두고 생활하게 된다. 하루의 마무리 피드백으로 감사 일기를 편다. 오전에 쓴 내용을 다시 보면서 내가 잘했던 일, 감사했던 사람들, 내가 읽었던 책 내용 중 기억나는 것을 적으며 마무리한다. 나 자신을 칭찬하고 다른 삶에 감사함을 기록하면서 기분이 좋아진다. 이렇게 적어 놓은 감사일기로 내 삶은 그리 나쁘지 않았다는 것을 알게 되었다. 감사일기, 꼭 형식을 맞춰야 하는 것은 아니라고 생각한다. 요즘은 스마트폰으로 기록하기도 하고, 사용하는 수첩에 간단하게 적어 놓는 분들도 보았다. 감사 일기를 매일 써야 한다고 말하기는 싶지는 않다. 하지만 감사의 기록을 남기는 건 내 인생을 행복하게 해 줄 작은 자서전을 쓰는 것과 같다. 유명하고 훌륭한 사람만 자서전이 있어야 할까? 감사로 기록하는 나의 자서전, 내 인생에 하나쯤 가지고 있다가 나의 아이들, 손주들에게 선물해 주고 싶다. 엄마가 혹은 할머니가 이렇게 감사하며 살았어, 그래서 너무 행복하게 잘 살 수 있었다고 말해주고 싶다.

4

아무리 감사해도 삶이 달라지지 않을 땐 어떻게 해야 하나요?

이자람

    감사의 효과는 강력하다. 많은 사람들이 감사 일기를 쓰고 많이 달라졌다고 한다. 사업이 잘되고, 삶이 원하는 대로 착착 진행되고, 모든 것이 잘 풀리기 시작했다는 것이다. 삶에서 무언가를 바꾸고 싶은 사람들은 감사 일기를 쓰려고 시도한다. 감사할만한 무언가를 일기에 적고, 일어나는 다양한 일상에서 감사를 느껴보려고 애쓴다. 나 역시 처음 감사 일기를 쓰면서 어색하지만, 내 주변의 일상에 감사하는 습관을 만들기 시작했다. 하지만 쉽게 바뀐다는 느낌이 들지 않았다. 비슷비슷한 일상 같았고, 삶이 그저 비슷할 뿐이었다. 그러던 중에, 확언이라는 것에 대해서 알게 되었다. 이루고 싶은 나의 모습, 이루고 싶은 것을 확실하게 말하는 것을 확언이라고 한다. 내가 원하지 않는 것을 말하면서 '이렇게 되지 않게 해주세요'라고 말하기 보다는, 내가 원하는 것을 강하게 말하는 것이다. 이것을 말로만 하는 것이 아니라, 내 마음 깊은 곳에서 확실하게 믿어야 한다.

그렇다면 우리가 감사한다는 말을 하면서, 얼마나 진심을 담아서 감사한다고 말을 하는 것일까? 우리는 어릴 때부터 '감사합니다.'라는 말을 많이 하도록 배워왔다. 급식에서 음식을 받으면서도, 친구가 친절을 베풀어 줄 때에도 고맙다는 표현을 하고 감사하다는 이야기를 항상 하라고 배웠다. 하지만 정말 감사를 진심으로 느꼈을까? 감사 일기를 쓰면서 가장 많이 바뀐 점 중 하나는 마음으로 감사를 느낀다는 것이다. 마음으로 감사를 느낀다고 하면, 약간 먼 이야기처럼 느껴질 수 있을 것이다. 실천하기 위해서 제일 먼저 해야 할 일은 감사하는 것에 이유를 생각하는 것이다. 그냥 감사하기보다는, 이 상황에서 왜 감사한지 그것에 대해 생각하다 보면 감사가 더 피부로 와 닿기 때문이다. 예를 들어서, 맛있는 음식을 먹는 상황이 생겼다. 이 음식을 만들어 준 요리사에게 감사하고, 이 재료를 만들어준 농부에게 감사하고, 내가 일을 해서 돈을 벌어서 이 음식을 사 먹을 수 있어서 감사하고, 함께 먹을 사람이 있었다면 함께 할 수 있는 사람이 있어서 감사하고…. 음식 하나에도 이렇게 감사할만한 이유는 너무나도 많다. 이렇게 조금씩 감사라는 에너지로 나 자신을 채운다면 더욱더 풍요로운 삶이 될 것이다.

감사 에너지로 나를 가득 채웠는데도, 삶이 크게 변하지 않았다. 뭔가 놀라울 일이 생길 것이라고 기대를 했는데 말이다. 그런 생각이 들 때는 감사 일기를 쓰다가 멈추곤 했다. 이것을 쓰는 것이 큰 의미가 없다는 생각이 들었다. 비슷한 내용을 쓰면서 매일매일 쓰는 것도 번거롭고 귀찮다고 느껴졌다. 이 글을 읽는 사람들은 나처럼 쓰다 멈추는 것을 반복했지만, 그냥 계속 썼으면 좋겠다. 감사일기를 쓰고, 긍정 확언을 하는데도, 내가 의도치 않은 상황이 발생하게 되면 어떻게 하는지 생각해보자. 상황을 탓하면서 부정적인 생각이 드는 경우가 대부분이다. 예를 들면, 급한 일이 있어서 차를 가지고 갔고, 주차할 자리가 없어서 꽉 찬 주차장을 뱅글 뱅글 돌면서, '어머 내가 주차할 자리가 없어서 감사합니다.' 라고 하는 사람은 없을 것이다. 마음이 급하고, 시간에 쫓기다보니 '아 짜증나게 왜 자리가 없어?' 라는 생각을 하게 된다.

하지만, 이런 생각 자체가 부정적인 감정이기에 감사를 해서 쌓아온 좋은 에너지를 깎아버리게 된다. 물론 부정적인 상황에서, 긍정적인 생각을 하는 것은 누구나 쉽게 할 수 있는 것이 아니다. 나도 그렇게 되기까지는 1년 이상 걸렸다. 구체적으로 행동을 바꿔야 내가 바뀔 것 같았다. 맨 처음, 단어 사용을 바꾸기 시작했다. 부정적인 단어는 아예 사용 하지 않기로 결심했다. 여기서 말하는 부정적인 단어는 내가 가지고 싶지 않은 것들을 말한다. 예를 들자면, '운전 조심해' 라는 말보다는 '안전운전하세요.' 라는 말을 쓰고, '오늘 뭐 힘든 일 있었어?' 라는 말보다는, '오늘 기분 좋았던 일이 있었어?' 라는 말을 사용하는 것이다. 우리는 절대 가지고 싶지 않은 것들을 자꾸 언급하면서 불러온다. 누구나 건강, 행복, 풍요, 자유

같은 좋은 것들을 바라지만, 상황을 불평하거나, 자기도 모르게 부정적인 단어를 사용하는 것이다. 사용하는 단어를 바꾸는 일은, 굳은 의지가 있어야 바꿀 수 있는 일이다. 하지만 그 정도 노력을 하지 않고서는 분명 나의 삶을 바꿀 수 없을 것 이라는 간절함을 가지고 노력했다.

두 번째 나의 노력은, 새벽시간에 명상과 감사 확언을 필사 하는 것이다. 새벽시간은 오롯이 나만 존재하는 시간이다. 메신저나 SNS가 방해하지 않고, 가족들이 나를 찾는 일도 없었다. 그래서 새벽시간을 활용하기로 했다. 명상은 15분 정도 진행했다. 나의 그날 하루를 시각화 하는 명상을 했는데, 오늘 내가 해야 할일들을 상상하고, 그 일들을 모두 잘 해내는 내 자신의 모습을 떠올렸다. 가끔은 중간에 꾸벅 졸기도 했지만, 그날 모든 일이 착착 풀리는 상상을 하는 것 만 으로도 이미 다 이뤄진 것 같아서 행복함과 감사함이 가득했다. 명상을 통해서 나의 마음속에 감사함과 행복으로 채운 후에는 감사에 대한 권위자들이 만들어놓은 확언을 내손으로 적으며 필사했다. 나만의 확언을 가지고 쓰는 것이 제일 좋겠지만, 내가 바라는 것이 확실해도 강력한 확언을 만들어서 작성하는 것이 쉬운 일이 아니었다. 그래서 시중에 많이 나와 있는 감사에 대한 책들을 사보았다. 읽다보면 감사를 습관으로 만드는 방법이 나와 있는 책도 있었고, 확언을 정리해 놓은 책도 있었다. 하나하나 읽으며 노트에 옮겨 적다 보면, 마음속 깊은 곳에서 나는 무엇이든 해낼 것 같은 자신감이 나왔다. 그러자 세상이 하나하나 내가 원하는 대로 돌아가기 시작했다. 주차장에서는 늘 가까운 곳에 자리가 났고, 될 수 있는 확률이 낮은 기획안에서 채택이 되어 지원금을 받기도 했다. 마음속에서 될 것 같다고 생각하고 일을 해내다보니 마치 미션을 깨는 것처럼 재미있었다. 모든 것이 다 이뤄졌냐고 물을 것이다. 물론, 모든 것이 이뤄지지 않았다. 하지만 나는 알고 있다. 그보다 더 좋은 것이 나에게 오고 있다고 말이다. 그 시기는 가장 적절할 때 일 것이다. 그 때가 올 것 이 라는 사실을 알기에 불안하지 않다.

감사하는 마음은 안경이다. 우리가 상황과 사람을 받아들이는 새로운 프레임이 된다는 것이다. 상황을 바라보는 시각을 바꾸는 것은 쉽지 않지만 그렇다고 아주 어려운 것도 아니다. 안경처럼 내가 들어서 쓰기만하는 노력을 기울이면 되는 것이다. 나도 왜 감사하는데 인생이 그대로일까? 왜 내가 바라는 대로 되지 않을까? 의심을 하고 회의를 느낀 시절이 있다. 하지만, 긍정의 단어만 사용하기, 바라는 자신의 모습을 시각화하기, 긍정확언 쓰기 이 세 가지의 구체적인 행동을 지속적으로 해냈더니, 세상을 바라보는 눈이 바뀌었고, 나를 둘러싼 모든 것에 감사하기 시작했다. 세상 모든 것은 우리가 주는 대로 돌려준다고 한다. 우리가 감사를 전하는 만큼, 세상이 우리에게 감사할 일을 전해줄 것이다.

5

나는 감사를 표현하는데 상대방은 달라지지 않아요

최서연

감사 일기 프로젝트를 진행하면서 여러 질문을 받았다.

"감사할 상황이 아닐 때도 감사하다고 해야 하나요?"
"감사하는 방법을 모르겠어요."
"감사하다고 말로 꼭 표현해야 하나요?"
"감사 일기를 꾸준히 쓰기가 어려워요."

내가 대답할 수 있는 질문도 있고, 하기 어려운 부분도 있었다. 책에서 읽은 내용을 앵무새처럼 전달해 주기도 했다. 감사 일기를 3년 정도 쓰며 깨달은 점이 있다. 필요충분조건이 성립해서 감사한 것만은 아니라는 점이다. 인과관계에 의한 감사는 오래가지 못한다.

"남편이 선물을 사줘서 감사합니다."

"아이가 학교 성적을 잘 받아서 감사합니다."

"~해서 감사하다."라고 표현하는 것은, 그럴 상황이 아닐 때는 감사하지 않다는 말이다. 감사의 핵심은 '그럴 상황이 아님에도' 감사를 말하는 것이다. 내가 원하는 상황일 때 감사를 표현하는 건 누구나 할 수 있다. 그때도 들뜨지 않고 차분히 결과를 받아들인다. 내가 기대했던 결과가 아닐 때도, 원치 않았던 환경에도 세상을 향해 삿대질하지 않는다. 그 뒤에 숨겨진 신의 선물을 겸허히 받아들인다. '새옹지마 塞翁之馬'라는 고사성어처럼 살면서 일어나는 좋고 나쁜 일은 예측할 수가 없으니 일희일비할 필요가 없다.

'호사다마 好事多魔'라는 고사성어도 좋아한다. 좋은 일에는 방해나 고난이 있기 마련이라는 말이다. 진정한 감사하는 이때 터져 나온다. 어떤 책에서는 '광야의 축복'이라고 표현했다. 나의 그릇을 넓히는 시간이기도 하다.

"나는 감사를 표현하는데 상대방은 달라지지 않아요."

감사를 실천하는 과정에서 또 하나의 힘든 점은 타인에게도 똑같이 바랄 때다. 상대방에게 감사하다고 했는데 "아. 네."라고 들어 본 적이 있는가? 괜히 말했다가 손해 보는 느낌이 들 때도 있다. 또는 그 사람이 변화되길 바라고 일부러 말하기도 했을 것이다. 그렇지만 감사의 주체는 존재 자체여야 한다.

사람은 쉽게 변하지 않는다. 말 몇 마디로 달라지지 않는다. 바꾸려 하지 말고 있는 그대로 바라보고 인정해줘야 한다. 내가 감사로 가득 차기 시작하면, 상대방이 먼저 알아차린다. 그 모습을 보고 상대방도 차차 달라지기 시작한다. 그러니 바꾸려 하기 전에 나부터 변해야 한다.

신림동에 사무실을 오픈하고 대관 서비스를 하고 있다. 초창기에 있었던 일이다. 스페이스 클라우드에 사무실 사진을 찍어 올렸더니 며칠 만에 예약이 들어왔다. 오후 예약인 줄 알고 오전에 외부에 나가 있었다. 여러 번이나 전화가 왔다. "사무실 앞이에요. 어떻게 들어가나요?" 예약 손님이 물었다. 짜증 한 마디 없는 통화에 오히려 더 죄송해졌다.

오전 10시부터 사용해야 하는데, 사무실 입장하는 방법을 안내하지 못했다. 바로 사과하고 사무실 비밀번호를 알려드렸다. 여유 있게 진행하도록 한 시간을 서비스로 제공했다. 모임이 끝난 시간에 맞춰 문자를 보내고 불편함은 없었는지 체크했다. 그 상황에 나라면 어땠을까? 예약 손님처럼 대처할 수 있었을지 의문이다. 상대방의 태도에서 나를 돌아볼 수 있었다.

대관 서비스는 처음이라 프로세스를 제대로 구축하지 못해서 일어난 실수였다. 배움의 과정으로 받아들이니 마음이 편했다. 자책할 필요도 없다. 다음 손님에게 더 잘해드리면 되는 거다. 바로 실패 노트에 꺼내서 그날 있었던 일을 정리해서 해결점을 적었다. 그날의 감사 일기에는 더 성장하도록 기회를 주신 하나님께 감사를 전했다.

어렸을 적 엄마를 따라 교회를 다녔다. 설교 전에 항상 찬양을 불렀다. 〈그리 아니하실지라도 감사해요〉라는 제목의 찬양이 있다. 감사를 실천하면서 수시로 떠올랐던 곡이다.

내 상황을 있는 그대로 바라보는 힘

호사다마, 새옹지마

일희일비하지 않기

상대방이 아니라 나부터 변화

내가 감사 일기를 쓰면 배운 것들이다.

6

시련이 닥칠 땐 어떻게 감사해야 합니까?

이유리

지금까지 인생에서 가장 힘들었던 순간을 꼽으라면 나는 아마 결혼 직후 가장 행복해야 할 순간에 가장 가슴 아픈 시련이 닥쳤던 그때를 꼽을 것이다. 아이러니하게도 나에게 시련은 인생에서 가장 행복감을 맛보아야 하는 순간에 시련도 함께 찾아왔다.

사랑하는 사람을 만나 결혼을 하고 3개월 만에 생각지도 못한 아기천사가 우리에게 찾아왔다. 난생처음 산부인과를 방문해 의사 선생님으로부터 "축하합니다. 임신입니다."라는 말을 들었을 때의 기분은 아직도 생생하다. 이 기쁜 소식을 제일 먼저 부모님께 알리고 싶어 병원에서 나오자마자 엄마에게 전화를 걸었다 "엄마, 나 임신했데. 지금 병원에서 나오는 길이야" 수화기 너머로 들리는 엄마, 아빠의 상기된 목소리를 통해 더 감사하고 행복했다. 이렇게 기쁜 소식을 전해드리고 기쁨을 만끽하며 하루하루를 지내고 있던 어느 날 주말 아침 남편과 나들이를 떠나기 위해 준비하고 떠나려 하는데 전화기가 유난히 요란하게 울렸다 오빠였다. "유리야 아빠가 쓰러지셨어!" 나들이를 떠나려 했던 우리는 그길로 친정집 근처 병원 중환자실로 향했다. 위에서 음식물이 가득 차 있고 몸 안에서 혈관에 터져서 몸속에서 피가 흐르고 있다는 의사 선생님의 말씀은 청천벽력과도 같았다. 급하게 응급 시술로 피는 멈출 수 있게 되었지만 문제는 음식물이 이틀이 지나도 내려가질 않았다. 아빠의 의식은 돌아올 생각을 하지 않았고, 그렇게 우리 가족은 원인도 모른 체 위 절단 수술에 동의할 수밖에 없었다. 그렇게 아빠는 5일 동안 중환자실에서 의식도 없이 누워계신 후 위 절단 수술에 들어갔다. 수술실 앞에서 나는 한 발짝도 떠나지 못하고 하염없이 흘리는 눈물을 닦으며 내가 할 수 있는 것은 오직 기도밖에 없었다. 수술이 진행되고 몇 시간이 흘렀을까 의사 선생님은 갑자기 가족들을 불러 모으시더니 음식물이 내려가지 않은 원인이 바로 "암 덩어리" 때문이라고 말씀하시며 잘라낸 아빠의 위를 보여주셨다. 그 순간 다리에 힘이 풀렸다. 우리 아빠가 암이라니. 의사 선생님은 수술실로 다시 들어가셨고 나의 임신은 기간은 그렇게 아빠의 암 투병과 함께 시작되었다.

위암 4기 진단받은 후 8번이나 되는 항암치료를 받으며 아빠는 점점 야위어 갔고 그 시간만큼 내 배속의 아기는 나의 어려운 상황에 반해 다행히도 건강하게 자라나고 있었다. 나는 매일 밤 하나님께 울부짖으며 왜 우리 아빠냐고 따져 보기도 하고 제발 살려달라고 목 놓아 울어 보기도 했다. 내 배속의 아이는 세상을 향해 나오려고 준비하는데 아빠는 마치 꺼져가는 촛불과 같았다. 나는 이 상황이 곧 죽을 것처럼 고통스럽고 괴롭고 힘든 날들이었다. 그러다가 나는 이유를 묻지도 않고 따지지도 않고 감사하기로 결단했다. 그리고 감사 거리를 찾았다. 나에게 닥쳐온 문제를 감사의 눈으로 바라보기로 결심 아니 결단했다. 물론 쉽지 않았다

퇴근 후 매일 서울에서 아빠가 있는 경기도 병원으로 출퇴근하며 아빠를 보러 갔다. 만삭의 몸으로 대중교통을 타고 장시간을 이동하니 여러모로 불편하고 힘이 들었다. 충분히 불만 불평을 할 수 있는 상황이었지만, 나는 감사하기로 선택했다. 어릴 때 이후로 아빠와 이렇게 많은 시간을 보내본 적이 없었다. 매일 아빠에게 사랑한다고 표현했고, 아빠도 만삭의 딸이 힘들게 오는 걸음이 걱정은 되었지만 싫지만은 않은 눈치였다. 주말에는 남편과 함께 가서 따뜻한 수건으로 온몸을 닦아드리고 배속의 아이가 무럭무럭 잘 자라고 있다는 소식을 전해 드리니 아빠는 행복해하셨다. 다른 사람들은 만삭인 나를 걱정하면서 상황이 이렇게 된 것을 굉장히 안타까워했지만 나는 진심으로 감사했다. 아빠를 이렇게 매일 볼 수 있어서 말이다. 어느 날은 회사에 일이 많아 야근해야 하는 날이 있었다. 나는 컴퓨터를 가지고 아빠 병실에서 아빠와 일과를 이야기하

고 아빠가 잠이든 후 업무를 했다. 아빠는 늘 나의 출산을 걱정하셨다. 그리고 매일 출산예정일을 묻고 또 물으셨다. 그리곤 내 출산예정일 정확하게 딱 한 달을 앞두고 가족들 모두가 모인 자리에서 아빠는 가장 평안한 모습으로 하나님 품에 안기셨다.

나는 아빠가 하늘나라로 가시기 전 일주일을 잊지 못한다. 아빠와 함께 했던 아빠와 나만의 추억을 내 마음속에 잘 간직하고 있다. 비록 나의 사랑스러운 첫아기를 보여드리지 못했지만 아빠의 마지막을 온 식구들과 함께했고, 마지막까지 막내딸을 생각한 아빠는 출산하기 전 한 달이라도 편안하게 쉬라고 시간을 주신 것과 같이 느껴져 더욱 감사했다.

나는 여전히 아빠가 그립고 보고 싶고, 생각하면 마음이 아프다. 그러나 아빠가 투병한 9개월의 시간이 내 인생에서 아빠와 가장 친밀하고 감사를 그리고 사랑을 표현할 수 있는 시간이 되었다. 그리고 아빠 인생의 마지막 여정에 함께 할 수 있어서 감사했고, 앞으로 세상을 살아가며 하늘에 소망을 품고 살아갈 수 있어서 감사하다.

시련은 각자의 삶 속에서 각각 다른 모양으로 찾아온다. 시련과 고통은 신이 주신 선물이라고 한다. 감정적, 신체적, 정신적 고통 없이는 깨달을 수 없는 교훈들이 한가득 들어있는 선물이다. 시련과 고통의 시간을 잘 견뎌낸 나무가 쓰임을 받고 뜨거운 불 속에서 잘 견뎌낸 도자기가 더 아름답고 높은 가치가 있다. 사람도 마찬가지다 시련과 고통의 시간을 잘 견뎌내면 그만큼 더 빛나는 인생을 살 수 있게 된다.

고통의 시간이 지나고 나면 분명히 환한 햇살이 비추는 따스한 날이 온다는 것에 소망을 품자. 시련은 우리의 가치를 더해주는 시간이다. 시련 때문에 원망하고 불만 불평하는 대신 감사해보자. 시련을 통해 험난한 인생에 깊이 뿌리를 내려 보자. 더 큰 폭풍우가 밀려올지라도 잘 견딜 수 있는 강한 사람이 될 것이다.

7

감사는 얼마나 지속해야 효과를 볼 수 있나요?
또, 그 효과는 무엇인가요?

배민경

처음 감사 일기를 작성할 때는 꽤 어려웠다. 그냥 문제 풀 듯 답을 적었다. 솔직히 의무감에 감사 일기 방에 인증을 하기 위해 적었던 것 같다. 왜 작성해야 되는지도 모르고, 그냥 영혼 없이 적어 내려갔다. 다들 한 달쯤 지나면 감사 일기의 효과를 본다는데 어째 한 달 때는 아…무 생각도 감정이 없었다. 다른 사람들이 감사 일기를 예찬할 때 아무 효과도 못 느끼고 그냥 적어 갔다. 나는 감정이 많이 무디고, 사고가 발달한 사람이다. 공감능력 또한 좀 떨어진다. 감사는 마음이 움직여서 하는 것인데 내 마음은 잘 움직이지 않았다. 나는 머리로 감사 일기를 쓰고 있는 느낌이었다. 그래서 그런지, 감사 일기를 쓰고 효과도 꽤 늦게 왔다.

100일쯤 되었을 때, 감사 일기에 "부모님이 건강하셔서 감사해요"를 쓰는데, 그제야 마음에서 감사가 우러나오는 느낌을 받았다.

100일 즈음 되어서야 진심으로 일기를 쓰고 있었다.

그 이후로는 감사 일기를 작성하는 것이 정말 즐거웠다. 100일까지는 그냥 남들이 하면 좋다니까, 억지로 그냥 적었는데, 100일 이후에는 내가 먼저 감사 일기를 찾게 되었다. 솔직히 지금도 종종 빼먹기도 하지만, 기분이 좋던 우울하던, 비가 오나, 눈이 오나, 감사 일기를 꼭 쓰려고 노력을 한다. 지금은 주변에도 권하고 다니고 있다.

감사 일기를 쓰고 얻은 효과는 다음과 같다.

첫째, 그날그날의 의미가 생겼다. 저녁 감사일기에는 '오늘 내가 가장 잘한 일은 무엇인가요?'라고 묻는 란이 있다. 그곳에 그날의 성과를 적는다. 그러면 그냥 의미 없이 넘어가는 하루가, 의미가 생기며 점이 콕 찍히게 된다.

둘째, 하루를 보내며 누군가에게 감사하게 된다. 저녁 일기에는 '오늘 감사했던 사람은 누구인가요?' 라는 질문이 있다. 나는 감정이 무딜 뿐만 아니라 눈치도 많이 없다. 그래서 누군가가 잘해 주어도 잘 눈치를 채지 못한다. 그런데 감사 일기를 쓰면서 감사했던 사람 란에 채워야 하기 때문에 그날 하루 감사한 사람이 누군지, 나에게 잘해 준 사람이 누군지 곰곰이 생각하며 기억하게 된다.

셋째, 불평불만하던 습관이 줄어들었다. 감사 일기를 쓰며, 감사 일기에 쓸 일을 만드느라, 불평불만을 안 했다. '그럼에도 불구하고 감사합니다'로 습관이 바뀐 것 같다. 감사 일기를 쓰며 부정적인 감정을 지우게 되는데, 마인드 컨트롤하는 데 도움이 되었다.

넷째, 하루를 좋은 기운으로 시작하게 된다. 내가 사용하는 감사 일기는 아침과 저녁 두 번에 나누어 쓰고, 아침에 쓰는 비중이 더 높다. 감사한 것 3가지를 아침에 쓰는데, 아침에 감사하는 게 처음에는 좀 어려웠다. 저녁에 적으면 하루의 사건이 있으니 적기 쉬울 것 같은데, 왜 감사한 것 3가지가 아침에 있는지 처음에는 이해할 수 없었다. 그런데 작성하면서 보니, 아침에 3가지 감사를 하고 나니 온종일 감사가 몸에 베이는 것 같았다.

다섯째, 그날의 기분을 파악하게 된다. 나는 기분 파악하는 게 어렵다. 심장이 두근거리는데, 지금 이 상태가 화가 난 것인지, 불안한 것인지, 놀란 것인지 잘 모르고 그냥 화를 낼 때가 많다. 예전에 만난 상담 선생님은, 옳고 그름도 중요하지만 기분도 중요하다고 하셨다. 언제나 성과가 나는 것, 옳다고 생각이 되는 것 만 하고, 내 기분이 좋아지는 일은 하지 않았다. 그런데 감사일기 란에는 아침에 오늘의 기분을 적는란이 있다. 그래서 기분을 한번쯤 생각해 보게 되어서 기분 파악에 좋은 것 같다.

여섯째, 가장 중요한 일을 생각해 보고, 그 일을 중심으로 하루 계획을 세우게 된다. 그날 시간 가계부를 작성하기 전에 감사 일기를 적는데, 감사일기에는 '오늘 가장 중요한 일은 무엇인가요?'라는 질문이 있다. 그래서 그날 가장 중요한 일을 생각해 보게 된다. 그리고 그날 하루 그 일이 잘 되면 하루를 알차게 산 느낌이 든다. 잘 안 될 때도 있는데 그럴 때는 그 다음날 하면 되지! 하고 쉽게 넘겨 버린다. 꼭 지키지 않았을 때도 자책하지 않는 게 좋은 것 같다.

일곱째, 우울의 구름이 많이 걷혔다. 나에게는 어쩔 수 없는 마음의 구름 있다. 이 구름이 감사 일기를 쓰며 많이 걷혔다. 감사를 하고, 긍정적으로 생각하게 되니 당연한 결과지 않을까? 그 이후, 우울에 고통받는 친구들에게도 감사 일기를 나눠주고 있다. 친구들의 반응도 좋았다.

한 달이면 느낀다는 감사 일기의 효과를 나는 100일이 지나서야 느꼈다. 지금 감사 일기를 쓴 지 500일에 가까워 오고 있는데, 나는 느리게 효과를 느꼈으니, 아직 느껴야 될 감사 일기의 효과가 더 많으리라 생각된다. 더 큰 효과가 올 것이라 생각이 된다. 감사 일기의 효과는 먼저 그날그날의 의미가 생겼다. 또한, 하루를 보내며 누군가에게 감사하게 된다. 게다가 불평불만하던 습관이 사라졌다. 또, 하루를 좋은 기운으로 시작하게 된다. 그리고 그날의 기분을 파악하게 된다. 또한 가장 중요한 일을 생각해 보고, 그 일을 중심으로 하루 계획을 세우게 된다. 마지막으로 감사 일기를 통해 우울의 구름이 많이 걷혔다. 계속 감사 일기를 꾸준히 써 더 큰 효과를 만들고 싶다.

8

감사 습관을 가지기 위해서는
무엇을 어떻게 하는 것이 좋을까요?

김명주

안녕하세요. 약 1년 전부터 감사 일기 30일 습관 프로젝트 단톡방을 개설, 운영을 맡은 감사 메신저 명주쌤입니다. 감사 일기 습관 프로젝트를 신청하신 분들에게 질문을 드리고 있어요. 감사 일기를 써본 경험이 있는지, 감사 일기를 쓰고자 하는 이유와 신청 동기입니다. 감사 일기를 써본 경험이 있는 분들이 대부분이지만, 한 번도 써본 적이 없는 분도 많으세요. 함께 쓰는 감사 일기를 시작으로 어느새 400일이 넘은 분들도 있답니다. 감사 일기를 쓰고자 하는 이유 중 가장 많은 답변은 '감사하는 습관을 갖고 싶어서'랍니다.

왜 많은 사람이 감사 습관을 갖고 싶어 하는지 궁금했어요. '감사하면 행복해진다고 하니까' '성공자들은 감사하는 습관을 갖고 있어서' '감사하면 나를 비롯한 내 주변이 좋아진다고 하니까' '감사가 삶을 풍요롭게 한다고 해서' '감사하면 모든 일이 술술 잘 풀릴 것 같아서' '부정적인 습관을 없애고 싶어서' '희망적인 삶을 살고 싶어서' '좋은 관계를 맺고 싶어서' 등등 다양합니다. 답변을 들을 때마다 맞장구를 치게 됩니다. 감사하면 모든 게 좋아지고 달라질 거라는 막연한 믿음 가운데 '어떻게 하면 감사를 잘할 수 있지?' '감사가 습관이 되려면 어떻게 하면 좋을까?' '감사하면 정말 많은 것들이 달라질까?' '감사할 일이 과연 계속 있을까?' 저 역시 감사일기를 쓰면서 여러 가지 궁금증이 생겼거든요.

답을 찾기 위해 틈틈이 감사와 관련된 책을 쌓아놓고 읽었습니다. 분명 보고 들은 이야기임에도 새롭게 느껴지는 내용이 많았습니다. 와닿는 구절마다 밑줄 그어가며 메모하고, 사진과 기록을 남겼습니다. 단톡방에 내용을 공유하거나, SNS에 올리기도 했습니다. 감사 관련 영상을 저장해놓고 퇴근 후나 주말에 보기도 했습니다. '평생 감사', '감사하면 달라지는 것들' 등 감사 관련 책으로 독서 모임을 하기도 했습니다. 매일 본인이 정한 일정 분량을 읽고 인증 사진과 함께 간단한 소감, 적용할 점을 단톡방에 올렸고 완독 후 줌으로 모임을 하였습니다. 나눔 가운데 미처 감사로 깨닫지 못한 실제적인 감사를 발견하면서 더 많은 감사를 보고 배울 수 있었습니다. 갈수록 새로 발견되고, 발전하는 감사 거리의 풍성함! 이로 인해 감사 일기를 쓰는 시간이 기다려지고, 즐거웠습니다. 공부를 무조건 열심히, 잘 살기 위해 해야만 하는 힘든 과제로 여기다가 공부 맛을 알고 난 뒤 좋아하게 되는 것처럼 감사를 말하고 쓰고 적는 일들이 맛있게 다가왔습니다. 하지만 날마다 그저 기분 좋고, 감사가 절로 나올 줄 알았는데, 그렇지 않은 날도 생겼습니다. 이유 없이 입맛도 없고, 귀찮고, 숟가락 들 힘조차 없을 정도로 버거운 날이 있듯이 감사를 찾기 힘들고, 감사가 하나도 떠올려지지 않는 날도 있었습니다. 그럼에도 불구하고, 이를 극복해서 감사하는 습관이 생기도록 실행한 일들 몇 가지를 나누고자 합니다.

첫째, 감사 습관을 왜 갖고 싶은지 동기를 생각했습니다.

잘 되고 싶고, 잘 살고 싶었습니다. 행복해지고 싶었습니다. 지난날의 감사 일기장 속에서 긍정적인 방향으로 생각하고, 가족과 행복한 삶을 살고 싶은 욕구가 크다는 것을 보게 되었습니다. 감사와 열정을 잃지 않고 선한 영향력을 나누는 기버(giver)의 삶을 살고 싶었습니다. 문제가 생길 때마다 지혜롭게 해결하고, 어려움도 잘 극복하고 싶었습니다. 다양한 책과 강의, 인생 선배들의 이야기 속에서, 저의 지나온 삶에서 '감사'에 답이 있음을 깨달았습니다. 감사를 찾기 어렵고, 불편하고, 답답하고, 이해되지 않아도 감사를 찾아 표현하고자 노력했습니다. 감사 습관을 갖고자 하는 동기가 마치 이루어진 것처럼 '미래 감사'로 만들어 꾸준히 입과 손으로 감사를 표현했습니다. '계속해서 좋은 쪽으로 발전되니 감사합니다.' '행복한 삶을 살고 있어서 감사합니다.''날마다 나와 내 주변이 좋아지고 있어서 감사합니다.' 이렇게 나아지고 있고 다 이루어졌음을 표현하기만 해도 정말 나아지듯, 행복한 새날을 맞이한 기분이 듭니다. 감사는 더 많은 감사를 끌어당긴다는 이야기처럼 증명하는 삶을 살게 되었습니다.

둘째, 부정적인 생각이나 감정이 들 때마다 '잠시 정지'. 감사한 일을 찾기 시작했습니다.

갑자기 안 좋은 일이 생기거나 힘든 상황이 발생하면 지난날의 비슷한 상황들이 떠오르면서 몸을 웅크리거나 식은땀을 흘리기도 합니다. 머릿속이 하얘지면서 주변의 큰소리에도 못 들을 때가 있었습니다. 가볍게 지나갈 일을 크게 만들 뻔한 일도 생기더군요. 고민해도 상황은 달라지지 않고, 좋지 않은 결과를 얻기도 했습니다. 이러한 과정들을 적다 보니 당시의 상황과 제 모습이 달리 보이기 시작했습니다. 그 상황에서 빠져나와 잘 해결된 모습을 그리면서 해결책을 생각해야 함을 깨달았습니다. 어느 날, '세상 모든 풍파 너를 흔들어'라는 찬양을 듣게 되었습니다. 후렴구에 '받은 복을 세어보아라'가 큰 울림으로 다가왔습니다. 내가 받은 복, 그것이 바로 '감사'라는 생각이 들었습니다. 부정적인 생각과 감정이 들 때마다 '잠시 정지'하고 감사한 것을 의식적으로 찾고자 했습니다. 부정에서 긍정으로 바뀌는 시간이 점차 줄어들었습니다. 예를 들어 운전하다 위기상황이 생기면 짜증과 화가 먼저 올라와 얼굴이 붉어질 법도 한데, '이만하니 다행이고 감사합니다.' '별일 아니라서 감사합니다.' '사람도 차도 멀쩡하니 감사합니다.' 등 감사를 먼저 찾고 있는 모습에 혼자 흐뭇한 미소를 짓게 됩니다.

셋째, 감사 습관을 위해 환경설정을 하고 말과 글로 표현하기 시작했습니다.

감사 습관을 만드는 것은 마치 다이어트 성공을 위한 방법과 비슷하다는 생각이 듭니다. 전문 상담가들은 다이어트를 왜 하려는지 진정한 이유를 생각하고, 되고 싶은 모습을 그려보고, 이미 그렇게 된 모습을 상상하라고 합니다. 입고 싶은 옷도 미리 준비하고, 주변에 다이어트를 선포하는 것이 중요하다고 하지요. 그리고 혼자서는 어렵기에, 함께 응원하고 격려하면서 즐겁게 하는 것도 필요합니다. 감사 습관도 이와 마찬가지입니다. 감사 습관을 왜 갖고 싶은지 동기부터 살피고, 원하고 바라는 모습, 달라질 모습을 미리 그려보는 것이 중요하다고 생각합니다. 주변에 '나는 감사가 충만한 사람' 임을 알 수 있도록 자주 표현하는 것도 필요합니다. 무의식적으로 감사 표현을 하는 게 과연 진정성 있고 솔직한 것일까 싶은 생각도 들었습니다. 그래도 시간이 흘러 돌아보니 감사 표현을 통해 그저 그랬던 일들이 감사로 다가오고, 더 깊은 감사로 발전되어 있음을 봅니다. 감사는 결국은 '행동'해야 하는 것 이라는 것을 실감하는 날들이 많아지고요. '매일 3번 이상 감사를 말과 글로 표현하기'를 시작했습니다. 매달 함께 쓰는 감사 일기를 통해 하루를 돌아보면서 '지금 여기에 감사, 희망찬 내일을 기대하며 감사'하게 되었습니다. 감사 일기를 안 쓰면 어색하고 개운하지 않은 느낌이 든 날로 바뀌었습니다. '감사는 우리를 행복하게 만들 수 있는 가장 간단한 습관'이라고 오스카 와일드가 말한 것처럼 스치는 작은 바람에도 풍성한 행복감을 느끼는 요즘. 그저 감사합니다. '평생 감사하며 감사를 전하는 감사 메신저'의 삶을 오늘도 꿈꿉니다.

9

감사하는 시간을 따로따로 가져야 할까요?

안경희

제 경험을 나눌게요.

저는 2019년에 최서연 작가님 블로그에서 모집 글을 보고 신청합니다. 감사 일기 단톡 방을 통해 감사 일기를 경험해요. 간편한 감사 양식이 있어서 쓰기 좋답니다. 그 전에도 감사 일기를 받고 한 달 쓰기에 참여했었어요. 그 이후에 좋은 점을 아니까 쓰다 말다 해도 놓치는 않았어요.

그런데 2020년 신랑 사고 이후, 보육교사 일을 시작했는데 개인적으로 인내하며 힘든 점을 참아 내야 할 때에 감사 일기를 더더욱 찾게 되었는데요. 하루를 사는 힘을 얻을 수 있었거든요.

하루를 시작할 때에 감사 일기를 펼쳐요. 꿈 리스트에 되고 싶은 것, 하고 싶은 것, 갖고 싶은 것을 적어요. 바라는 것, 원하는 것을 적고 그렇게 하기 위해 노력할 수 있다는 것이 좋답니다. 3P 자기 경영연구소 강규형 대표님은 성과를 지배하는 힘에서 꿈을 적을 때에 유의 점을 알려 주셨는데요. 첫째, 될까 안 될까 절대로 고민하지 말라. 되고 안되고는 신의 영역이다. 내가 바라는 것만 쓰면 된다. 둘째, 되도록 구체적일수록 좋다. 셋째, 살아가면서 새로운 것들을 추가해 나가도 좋다. 넷째, 주변이들과 함께 발표를 하면 공표를 함으로써 주변 사람의 지원을 받게 되면 그 꿈을 이루게 될 가능성이 높아진다. 꿈 리스트 써 보실래요?

아침 시간을 보내며 아침 감사를 적어요. 미래에 이루고 싶은 일 바라는 일을 미래 감사에 적어요. 오늘 중요한 일을 적으면서 우선 순위를 정하고 바인더 (일정 관리) 에도 적어요. 오늘 하루 다짐 확언을 위해 긍정적인 확언 글을 읽고 적어요. 이제 하루를 살아가며 되지요.

중3 아들이 있어요. 경산 중학교에서 경산 고등학교로 진학할 줄 알았지요. 그런데 마이스터교에 진학하고 싶대요. 아이는 중 상위 성적인데요. 좋은 곳에 취업을 원하고 좋은 대학에 가고 싶은데 현재 성적으로 가능하지 않다고 여기고 스스로 생각한 것 같아요.

기숙사 생활을 해야 하고 처음 아이가 말한 곳은 농업 마이스터고라서 저 또한 낙담이 되었어요.

담임 선생님에게 전화가 왔더라고요. 의논이 된 것인지 마이스

터고를 생각하더라도 더 좋은 곳을 추천해 주고 싶다고 하셨어요. 저는 아이와 의견 조율해 보겠다고 말씀드렸어요.

신랑에게 얘기를 전하고 아이와 이야기해 보라고 했어요. 저에게는 장난치듯이 이야기를 해서요. 저녁 식사 후 아빠는 네가 원하는 것을 말해 보라고 해요. 그렇지만 농업고는 아니라고 다른 곳을 권하고 싶다고요. 아이도 생각해 보고 다시 얘기하자고 했대요.

여름방학이 얼마 전에 시작되었는데요. 아이가 영천에 있는 마이스터 고등학교 탐방&설명회 신청을 했다며 저와 함께 가자고 했어요. 운전 한지는 8년 차인데 가는 곳만 가고 경산을 벗어나 보지도 못했고 고속도로 운전은 아직 못해요. 집에서 1시간 넘는 거리이고 초행길이라 걱정이에요. 학교 설명회 날이 다가왔어요. 아들이 내일 아침 10시까지 도착해야 한다고 하네요.

요즘 만성 피로에 시달리고 있어요. 운동의 중요성을 느껴요. 시아버지께서 뇌출혈 수술 후 병원 생활 6개월, 집에서 8개월 계셨는데요. 요로 결석으로 병원에 입원하시고 2달이 되어가고 지난주에는 친정 엄마가 봉와직염으로 고생하셔서 2박 3일 간병하고 왔어요. 그래도 실업 급여를 받으며 쉬고 있어서 시간이 되어서 다행이에요.

다음날 신녕에 있는 고등학교에 가기 위해 아들과 함께 8시 20

분에 출발을 해요. 스마트폰에서 티맵을 검색해서 가요. 저희 집에서 시댁인 하양을 거쳐서 하양 무학 고등학교에서 신녕 까지 쭉 가면 된다고 신랑이 알려 주었는데요. 그렇게 쭉 가니 신녕이라고 표지판이 나왔어요. 달리다가 왼쪽에는 팔공산 가는 길이 나왔어요. 가을에는 팔공산에 가보고 싶어지네요. 달리니까 기분이 좋아지고 드라이브 가는 느낌이 들었어요. 티맵이 알려 주는 대로 가니 목적지에 다 왔다고 하네요. 도로 연수한 기분이에요. 30분이 남았네요. 차에서 있다가 15분 전에 나가서 화장실 갔다가 설명 회장에 가기로 했어요.

차들이 속속 도착해요. 우리도 본관으로 갔어요. 선생님과 학생들이 반갑게 맞이해요. 방명록을 적고 입장해요. 입구에 들어서니 학생들이 자리를 안내해 주어요. 코로나로 띄엄띄엄 앉았어요. 설명회를 들었지요. 생각보다 신축 학교 건물도 좋고 앞으로 전망도 있어 보여요. 다음은 생활관, 실험실에 안내를 받았어요. 아이들은 체험 시간을 갖고 학부모님들은 도서관으로 안내받아요. 궁금한 점 질문받고 답해주시네요. 12시 학생들 체험이 끝나서 본관 현관으로 갔어요. 아들을 만나고 학교에서 점심으로 준비해 주신 샌드위치를 받아서 일정을 마치고 나왔어요. 돌아오는 차 안에서 학교에서 지원받는 금액이 엄청나서 값비싼 첨단의 실험 실습 기자재로 기술을 배우고 토익 공부와 3년 전문 기술과정을 충실히 이수하면 졸업 인증제 특화된 산업 수요와 연계하여 비전 있어 보이더군요.

저녁 식사 시간에 식구들이 다 모였을 때 남편이 아이에게 질문을 했는데 신랑도 걱정되는 부분이 빡빡한 교육 과정과 집에는 2주에 한번 올 수 있고 방학에도 2주간 토익 점수를 위한 토익 사관학교를 운영하는데 네가 잘 견딜 수 있을까 염려된다고 했는데요. 아들이 재미있겠어요. 라고 하더라고요. 여름방학이 끝이 나면 담임 선생님과 상담도 해보아야겠어요.

며칠간 신랑이랑 저녁 시간 산책을 통해 아들의 고등학교 진학 문제에 관해 서로 대화를 나누었는데요. 주변을 보아도 부모 욕심으로는 잘 되지 않는다. 아이가 원하는 바를 들어주고 지원해 주자고 결론을 얻었어요. 저희는 인문계 고등학교를 지향했었는데요.
아이는 좀 더 미래지향적이더라고요. 본인의 진로에 대해 미리 고심하는 점이 대견했어요.

아침 시간 감사하는 시간과 하루를 경험하며 감사한 것들을 생각해요. 감사를 하면 할수록 감사할 일들이 많아져요. 감사 노트도 만들어 활용해 보려고요. 물론 감사 일기도 꾸준히 쓰면서요.
감사는 눈뜨자마자 시작해서 자기 전까지 해야지요. 평생 감사를 꿈꿔요!

제5장

행복과 사랑이 넘치는 인생을 만드는
'감사'

1

이유 없이 감사합니다

김명주

'진정한 감사는 모든 환경을 초월해서 하는 감사, 무조건적 감사'라는 글을 본 적이 있습니다. 없을수록 더욱 감사하고, 이해되지 않아도 감사하는 삶. 그저 이유 없이 항상 감사하는 삶을 이야기합니다. 사람이 얼마나 행복한가는 감사의 깊이에 달려있다고 합니다. 감사 일기를 쓰다 보면 "~해서 감사합니다." "~라서 감사합니다." "~에도 감사합니다." 등 감사할 이유를 찾습니다. 대인관계 속에서, 소유한 사물을, 주변에서 벌어지는 기분 좋은 일들에 감사를 찾습니다. 애쓰지 않아도 늘 공급되는 바람, 햇살, 공기 등 자연의 환경에서 감사를 찾습니다.

날마다 감사로 아침저녁을 맞이하는 감사방 감사 천사 분들과 만나 다양한 감사 제목을 나눠봅니다. 내 일처럼 기쁘고, 설레고, 행복하고, 감사한 마음이 절로 생깁니다. 희로애락을 함께 느끼다 보니 삶이 갈수록 풍요롭게 느껴집니다. 당연한 일들이 다른 사람의 마음과 손을 거쳐 감사로 표현되고 또 다른 감사를 끌고 온 특별한 이야기도 만나게 됩니다. 감사 일기를 쓰면서 달라져 가는 삶. 더 깊이 감사합니다.

'새벽 배송해주시는 기사님 덕분에 신선한 음식을 먹을 수 있음에 감사합니다.' '음식을 잘 만들어주시는 반찬가게 사장님 덕분에 반찬 고민 안 하고, 시간도 절약되어 감사합니다.' '삶의 지혜가 생기게 해주는 좋은 책을 써주신 작가님께 감사합니다.' '코로나 19로 쉬는 시간을 갖고 돌아보며 충전할 수 있음에 감사합니다.' '친절한 버스 기사님 덕분에 기분 좋은 아침을 맞이할 수 있어서 감사합니다.' '엘리베이터에서 문 열고 기다려준 착한 이웃에게 감사합니다.' '기분이 안 좋았는데 예쁜 하늘을 보니 마음이 편안해져서 감사합니다.' '가족이 건강하게 하루 잘 보내고 집에 돌아와 감사합니다.' '가족이 외식할 수 있는 돈이 있어서 감사합니다' 이렇게 다양한 감사거리로 신선한 자극을 받습니다. 관심과 관찰이 더해져 자신에게 감사로 돌아온 이야기, 감사 가득한 글을 보다 보면 지쳤다가도 힘이 불끈 납니다. 새로운 배움을 경험합니다. 스스로 칭찬하며 오늘 감사한 사람에 '나'를 적다 보면 생기가 돌고, 나란 존재가 소중하게 여겨져 자신감도 생깁니다.

얼마 전에 아침 건강 독서 낭독 모임에서 읽은 '이어령의 마지막 수업'의 이어령 박사님이 하신 말씀이 생각납니다. "럭셔리한 삶. 나는 소유로 럭셔리를 판단하지 않아. 가장 부유한 삶은 이야기가 있는 삶이라네. 스토리텔링을 얼마나 갖고 있는가가 그 사람의 럭셔리지." 스토리텔링이 럭셔리한 인생을 만들어. 가장 부유한 삶은 이야기가 있는 삶이라네." 감탄이 절로 나왔습니다. '감사 일기를 쓰며 날마다 자신의 삶에 의미를 부여하는 사람들! 함께 감사 일기를 쓰는 감사방 선배님들은 정말 부유한 사람들이구나!' 이런 분들과 감사 일기를 공유하며 살고 있다니 나는 참 행복한 사람이라는 생각에 감사했습니다. 감사를 찾으면 끝도 없을 것 같습니다. 감사는 좋은 생각이나 감정뿐만 아니라 실제적인 유익까지 가져다 줍니다. 선물같은 긍정의 삶을 선물해줍니다.

어느 날, 주변의 모든 환경이 이유없이 주어진 선물 같은 존재라는 걸 깨달았습니다. 거저 받았으니 그저 감사할 부분이었습니다. 내가 한 것은 아무것도 없는데 내게로 다가와 긍정의 의미가 되어준 것 같습니다. 함께하면서 삶을 풍요롭게 해주는 존재들. 때로는 원하는 모양과 모습은 아닐지라도 감사합니다. '감사하는 것은 겸손한 태도이다. 내가 무언가를 할 수 없음을 겸허히 받아들이는 자세이기 때문이다.' 문구를 메모하며 생각했습니다. 감사 자체가 겸손한 태도를 말한다면, 무조건 감사하는 태도는 지극히 더 겸손한 태도가 아닐까 싶습니다. 이유 없이 그저 감사하다는 표현을 하다 보니 감사할 일이 눈에 더 보이기 시작했습니다. "뭐가 그리 감사하냐" "별걸 다 감사하네." "진짜 감사해?" 이런 말을 들을 때도 있었습니다. 그리 달라 보이지 않는 환경, 누구나 가지고 있는 것들, 감사할 거리가 될 만한 일들이 아닌데 감사한다는 것이 이상하게 느껴진다는 것이지요. 다람쥐 쳇바퀴 돌 듯 반복적인 일상만 살다 끝날 것 같이 느껴졌던 날. 감사 찬양하는 사람들을 향해 저도 그런 생각을 가졌습니다. 감사하는 삶을 살지 못하는 이유 중 가장 큰 부분은 욕심, 비교의식, 염려 때문이라고 합니다. 생각해보니 그랬습니다.

주변에서 볼 때 잘하고 있고, 칭찬받아 마땅함에도 자신을 전혀 인정하지 않는 모습, 현재에 만족하지 못하고 자기 부정이 강하고 자기 긍정은 약한 사람. 외부 환경의 변화에만 초점을 맞춰 원하고 바라는 이상적인 모습이 되어야 감사할 수 있다는 편견이 있었던 거지요. 무의식 속에 깊이 자리 잡은 모습입니다.

좋은 습관을 만들기로 결심했습니다. '감사의 생활화!' 변화를 위한 가장 기본적인 행동 양식이라는 생각이 들었습니다. 무슨 일에든 일단 '감사합니다'를 마음에 먼저 외치고, 말과 글로 표현했습니다. 두려움이 아닌 기대와 희망을 찾게 되고, 작은 일에도 감사함으로 큰 기쁨을 누리는 날이 많아졌습니다. 나를 비롯한 주변이 행복감을 느끼는 날들이 많아졌음에 감사 노트를 끌어안고 뿌듯해합니다. 행복하고 사랑이 넘치는 삶을 살게 해 준 내 인생의 셀 수 없

는 감사. 이유도 없이 감사합니다. 지금 이 글을 읽어주신 독자님께
도 그저 감사합니다.

작은 것에 감사하라. 큰 것을 얻으리라.

부족할 때 감사하라. 넘침이 있으리라.

고통 중에 감사하라. 문제가 풀리리라.

있는 중에 감사하라. 누리며 살리로다.

– 평생 감사 중

2

반드시 이루게 될 겁니다

최서연

감사를 표현하는 방법은 여러 가지가 있다. 마음속으로 감사를 느낄 수도 있고, 말로 표현하거나 글로 전달할 수도 있다. 에너지는 공명하기 때문에 상대방을 생각하며 감사함을 전하는 것이다. 감사와 관련된 책을 읽으며 배우고 실천했던 것 중의 하나가 음식을 먹으면서 했던 감사이다. '이 음식은 나에게 오기까지 수십 명의 손을 거쳐 왔다. 그분들에게 감사하다.'라고 느낀다. 업무상 통화를 할 때는 "수고 많으십니다. 감사합니다."라고 먼저 인사를 한다. 약속이 끝난 후에는 "오늘 미팅 감사합니다."라고 문자를 보낸다.

그런데 감사 연습을 하는 것과 더불어서 꼭 해야 할 것이 바로 〈기분을 알아차리고 바라봐주기〉이다. 감사를 하라고 하면 처음에는 힘들기도 하고 반감도 생긴다.

"이건 당연히 저 사람이 해줘야 하는 건데, 내가 왜 감사하고 해야 하지?"

매너 없는 행동을 보며, 나는 어떻게 상대방에게 말하고 행동해야 하는지 배울 수 있어 감사하다. 과거의 나도 혹시 누군가에게 이런 태도를 보이지 않았는지 돌아볼 수 있어 감사하다.《청소력》에서는 플러스 에너지를 채우려면 마이너스 에너지부터 정리하라고 했다. 쓰레기가 널린 전봇대 앞에 "쓰레기를 버리지 마세요."라고 써 붙여도 사람들은 쓰레기를 버린다. 깨끗한 도로, 꽃이 심어진 화단이라면 어떨까? 사람들은 버리지 않는다. 감사 일기를 쓰면서 감정 청소를 하고 부정적인 에너지를 정리한다. 감사를 표현하고 실천하면서 삶이 달라지기 시작한다.

감사 일기에 매일 꿈 리스트를 썼다. 오늘 하루의 목표도 있었고, 그해에 이루고 싶은 일도 적었다. 매일 적으면서 이룬 감사의 선물을 소개한다.

- 작가 친구 100명 만들기 / 현재 진행 중
- 1인 기업을 시작하는 사람들에게 도움 되는 책 쓰기 /《오늘부터 1인 기업》출간
- 수강생 상생 커뮤니티 만들기 / 더빅리치 캠퍼스 운영
- 연말은 해외에서 보내기 / 2019년 베트남 일주일 여행

감사 일기를 적을 때 수강생들에게 〈현재 감사〉와 〈미래 감사〉에 대해 설명한다. 현재 감사는 지금의 내가 경험하는 것에 대해 적으면 된다. 미래 감사는 목표, 비전, 꿈리스트, 확언을 말한다. 마치 이미 이뤄진 것처럼 감사를 현재형으로 적는다.

〈미래 감사 예시〉

"세바시에 출연해서 독서모임 강연 주제로 말할 수 있어 감사합니다."

"전남여고 모교에 가서 후배들에게 1인 기업에 대해 강의할 수 있어 고맙습니다."

"55kg 유지하면서 활력이 넘치는 40대를 보낼 수 있어 감사합니다."

"유튜브 십만 구독자에게 도움을 주는 콘텐츠를 작업할 수 있어 행복합니다."

미래의 원하는 모습을 적을 때 '에이. 내가 과연 이렇게 할 수 있을까?'라는 의심이 들 때도 있다. 그래서 자기 신뢰가 중요하다. 일을 하다 보면 포기하고 싶은 순간이 한두 번이 아니다. 내가 왜 이 일을 시작했는지 생각하며 초심으로 돌아간다. 다시 시작해야 한다는 두려움에 한 발짝을 떼기도 어려울 때가 있었다. 그럴 때는 함께하는 사람들을 떠올리며 힘을 낸다. 걸어온 흔적을 되짚어보며 노력한 나를 칭찬해준다. '할 수 있을까'라는 의심에서 '해보자'라는 다짐으로 생각이 변한다.

행복과 사랑이 넘치는 인생을 만들어주는 '감사'라는 단어를 알게 되고, 내 삶의 일부가 됐다. 내가 변하니까 주변 사람들도 달라지기 시작했다. 함께 감사 일기를 쓰고 서로의 성장을 축복하며, 힘들 때는 위로도 주고받는다. 기록의 힘으로 글의 씨앗을 일기에 뿌렸다. 열매는 자라나서 나와 타인에게 진리를 깨닫게 했다. 오늘을 숨 쉬고 살아가는 것이 기적임을 말이다.

뭔가를 이루려고 온몸이 경직될 정도로 이를 악물고 살았던 적이 있다. 왜 결과가 없냐고 발을 동동 구르며 하늘을 향해 소리를 질렀다. 감사 일기를 1000일 이상 쓰면서 알게 됐다. 내가 꿈꾸고 바랬던 삶은 이미 지금 시작됐다. 그러니까 오늘을 내가 원했던 삶으로 살아내면 된다. 이런 하루가 매일 쌓여서 결국은, 끝내, 반드시 이루게 될 것이다.

🌸 **책 추천**

청소력(마스다 미츠히로, 나무 한그루, 2007)

3개의 소원 100일의 기적(이시다 히사쓰구, 세계의 소원, 2020년)

3

당신의 마음을 알아주는 사람이 있습니다

김성신

감사 일기를 쓰면서, 쓰면 쓸수록 만나고 싶은 사람이 있었다. 감사한 일들이 생길수록 '왠지 이 사람은 꼭 만나고 싶은 사람'이 생겼고 예전 같으면 사람 좋네. 한번 만나면 참 좋겠다고 생각만 하고 말았을 것이다. 하지만 감사 일기를 쓴 이후로는 어디서 용기가 생기는지 전화하거나 카톡을 한다. 그러면 여지없이 만나준다. 그것도 아주 반갑게 마치 만나기로 정해져 있던 사람들처럼.

감사 일기를 쓰면서 만나고 싶은 사람을 크게 세 분을 만났다.

정말 만나고 싶었던 분들. 어디서 용기가 났을까. 단체로 뵌 것도 아니고 딱 1대 1로 만나게 되었다.

첫 번째가 김형환 교수님. 감사 일기를 쓰고 300일쯤 되었을까. 교수님의 유튜브를 보고 연락하는 사람에게 무료 30분 상담을 해주신다고 해서 무작정 신청을 했다. 하루 이틀이 지나도 연락이 없었다. 나는 용기를 내어 질문을 던졌다. 여기에 적으면 상담해주신다고 했는데 아닌가요?

지금 생각해도 용기가 가상했다. 그래서일까? 나는 문자로 상담 후 실제로 교수님을 뵈었다. 교수님을 만나본 분들은 알겠지만 나는 유난히 교수님과 잘 맞을 것 같은 생각이 직감적으로 들었다. 그리고 30분 동안 나의 문제점만을 뽑아서 얘기해주시는데 눈물도 찔끔, 공감 백 개쯤 가지고 돌아왔다.

감사 일기를 329일째 쓰고 있다고 하면 보는 시선도 달라진다고 믿음직한 눈길을 보내주신다. 타인의 신뢰와 호감을 받을 수 있다는 것. 이것 또한 나에게는 감사의 기적이다.

두 번째는 최 서연 대표님이다. 내가 속해있는 독서 모임과 자기계발을 위한 모임인 BBM의 대표이자 동시에 책을 여러 권 내신 작가님이다. 나는 현재 작은 도서관의 도서관장으로 일하고 있는데 어느 날 텅 빈 열람실에 홀로 앉아 있다가 왠지 모르게 도서관 활성화에 대해 최 서연 대표님과 이야기를 나누고 싶어 졌고 종이에 떠오르는 아이디어와 생각들을 적어 내려갔다. 그리고 무작정 카톡을 보냈다. 상담비를 드릴 각오를 했다. 내가 일하는 도서관은 주변의 시설 좋은 도서관들이 생기면서 사람들의 시선에서 멀어지고 있는 것이 늘 안타까웠다. 코로나를 겪으며 힘들었던 시간동안 혼자 작은 도서관을 지켜내야 했던 나날들은 말할 것도 없다. 사람들이 가끔 와서 묻는다. 여기서 어떻게 지내냐고. 난 어느덧 이 도서관에 정이 들어버렸나 보다. 그리고 독서실의 아이들. 공부 생각 없는 아이도 있고 장난이 심해서 경고를 받는 아이도 있지만 내 눈에는 안쓰러운 그저 예쁜 아이들이다. 태어나면서부터 악인은 없다고 생각한다. 청소년기를 맞는 저 아이들도 고민 많은 시기에 조금이나마 괜찮은 독서실이길 바라고 그렇게 되기 위해서 애쓴다. 도서관과 독서실에 대한 애정으로 얘기가 길어졌다.

다시 최 서연 대표님을 만나는 얘기로 돌아가겠다. 대표님이 나를 만나줄까? 바쁘시기도 하고 엄연히 상담비도 있는데…….라는 생각은 잠시 뒤로 하고 연락을 해서 만나기로 하였다. 이게 꿈인가? 너무 기뻤다. 마치 고민을 다 해결한 것처럼. 그리고 대표님을 만났다. 근데 오히려 대표님은 나 자신이 현재 어떤지에 대해 질문을 던지셨다. 그러고 보니 나 자신이 지금 어떤지를 생각하기보다 그저 도서관, 독서실만 고민했다. 뭐 당연히 그곳이 내가 일하는 곳이니 나에 대한 고민도 있었다. 하지만 나에 대한 고민만은 아니었다. 대표님의 질문에 하소연 반, 생각 반 술술 끝없는 이야기가 터져 나왔다. 내가 이렇게 얘기를 잘하던 사람이었나 싶을 정도였고 우유부단하고 생각이 많은 나는 사실 많은 해결보다는 나에 대한 깊은 생각으로 방향을 바꾸는 것을 그날의 수확으로 소중히 마음에 품고 헤어졌다. 이날도 내게는 꿈만 같다.

사람들은 1대 1로 만나는 것을 어색해하기도 하고 실상 만난다고 해도 여럿이 함께 가서 만나기도 한다. 그런데 나는 내가 너무나 만나고 싶은 분은 꼭 1대 1로 만나고 싶다. 그 꿈을 하나씩 이뤄가고 있다. 이것도 꿈이라면 꿈이다. 내가 원하는 것이니까. 그리고 얼마 후에 내가 1대1 만남을 잘한다는 것을 깨닫는 사건이 생겼다. 바로 우리 지역 모임에서 내가 좋아하던 한 분과의 1대 1 만남으로 인해 개인적으로 친해지게 되어 마음을 나눌 수 있게 된 것이다. 내가 감사 일기로 그럼에도 불구하고 버티고 있을 때 먼저 다가와 주시고 함께 해주셨다. 성향도 비슷하고 서로 공감할 수 있는 부분이 있어서 더 가까워질 수 있었다. 물론 성별은 여자다. 장대비가 내리는 날 너무 속상한 그날 잠깐 뵐 수 있을까요? 라는 말에 내가 일을 마치고 들어가는 길인데 15분 뒤에 커피숍에서 볼까? 라는 영화 같은 답을 주셨고 나는 우산을 가지고 행복하게 만나러 갈 수 있어서 그날도 마치 영화 같은 '감사의 기적'을 만들어냈다. 지금 생각해도 장대비 속의 버스 안에서 느낀 행복하고 감사한 마음은 나를 미소짓게 한다. 감사한 이 분은 오늘도 처음부터 나를 알아봤다고 말씀해주신다. 감사함이 더해지는 순간이다.

이번 아버지의 장례를 치르며 느꼈던 감사는 나를 알아봐 주는 사람들로 채워졌다. 묵묵히 해왔던 봉사활동에서, 또 함께한 독서모임에서 그동안 뜸했지만 보고 싶었던 사람들 모두 한마음으로 달려와 주었다. 한 분 한 분 '감사합니다'하고 진심으로 인사를 나누었다. 이번에 또 깨달은 것이 있다면 내가 감사한 삶을 사는 모습을 예쁘게 봐주시는 분들이 많다는 사실이다. 나는 어디서나 혼자가 아니었다. 왜 그런 느낌이 들 때가 있지 않은가? 난 이 모임에서 혼자인가 싶을 때 말이다. 또 한 번 강조한다. 감사 일기를 쓰자. 그리고 조금은 고개가 갸웃해지는 일이 벌어져도 살짝 그냥 넘어가 보자. 이번에 정말 기대도 안 했는데 와주신 분들께 감사한 마음이다. 그분들 덕분에 나는 또 용기를 내어 감사한 삶을 즐겁게 살아갈 것이다.

나를 알아주는 사람들이 하나둘씩 생겨나고 그분들과 생각과 마음을 나눌 수 있음에 한없이 감사하다. 그런 용기는 어떻게 나왔을까. 나에게 지금 한 번 더 칭찬해주고 싶다.

이런 경험들은 나에게 아침저녁으로 감사 일기를 쓰게 한다. 나는 지금도 감사 일기를 쓰며 마음을 나누고 진정 행복한 삶을 향해 나아가는 길에 동반자가 되고 스승이 되어줄 분들을 만나 함께 할 생각에 오늘도 마음이 설레고 입가에는 미소가 번진다.

4

감사는 에너지입니다

이유리

　성경에 보면 '범사에 감사하라'는 말씀이 있다. 범사란 모든 일이다. 즉 감사할 수 없는 모든 상황에서도 감사하라는 말이다. 매일 감사 일기를 쓰기 전에는 이 말이 무슨 말인지 이해하지 못했다. 몇몇 탁월한 능력자에게만 해당하는 말씀이라고 생각했다. 감사 일기를 써보니 비로소 범사에 감사하는 마음이 어떤 것인지를 삶으로 깨닫게 되었다. 물론 지금도 감사할 수 없을 때 감사하는 것이 쉬운 일은 아니다.

　범사에 감하다 보면 내게 닥친 상황을 긍정적으로 재해석할 수 있는 눈이 생긴다. 비슷한 환경에서 아이를 키우는 엄마일지라도 육아가 지옥인 사람이 있고, 내 인생 최고의 행복이라는 엄마가 있다. 교도소에 갇혀 있으면서 창살을 바라보며 괴로운 날을 보내는 사람이 있는가 하면, 창살 밖 푸른 하늘, 날아다니는 새를 보면서 평안한 사람이 있다.

상황을 달리 해석하게 되면 그 상황을 극복할 힘과 지혜를 얻게 된다. 그것이 바로 감사의 위대한 힘이다 감사는 삶의 기술이자 위기에 대처할 수 있는 탁월한 지혜다. 범사에 감사한다는 것은 삶 전체를 선물로 받아들이는 것이다. 기쁨과 슬픔, 쾌락과 고통, 미움과 사랑 불안과 평안, 긍정과 부정, 어둠과 밝음, 웃음과 눈물 등 이 모든 것을 수용할 수 있는 능력을 갖추는 것이다.

퇴사 후 마음과 정신적으로는 매우 행복해졌지만 시간이 지날수록 경제적인 부분에 있어서 걱정과 염려가 되기 시작했다. 고정적으로 지출하는 돈과 들어오는 수입을 계산해보며 갚을 수 있는 상황이 될 것을 미리 감사하고 걱정과 염려 대신에 마음속 여유를 가지려 노력했다. 그러면서 걱정과 염려 스트레스로 다가왔던 문제가 마음의 평안과 여유로 변화하기 시작했다. 나는 대출을 받을 때 돈이 없어서 은행에 빌린다고 생각했다. 그래서 마음이 불편했다. 그런데 지금은 나에게 필요한 돈을 잘 빌려서 쓰고 있구나. 잘 쓰고 돌려줘야지 이렇게 할 수 있는 지금 상황에 감사하고 여유로운 생각을 하고 있다.

감사하는 사람과 감사하지 않는 사람은 그 삶의 정말 큰 차이가 있음을 느낀다. 나 역시 감사가 빠지는 순간에는 한없이 밑바닥 나락으로 떨어진다. 그러다가 감사로 전환이 되면 그때에야 비로소

바닥을 차고 일어설 힘이 생기는 것을 느낀다. 감사는 저절로 되지 않는다. 감사 근육은 시간과 노력을 들여 훈련하고 습관으로 만들어야 한다. 다이어트, 영어 공부 등 꾸준하게 연습하고 노력해야 이룰 수 있는 것과 같이 감사도 그와 마찬가지이다.

처음부터 모든 상황에 감사로 온 마음 다해 진심으로 감사할 수 없다. 억지 감사, 가짜 감사, 그냥 감사, 이런 감사, 저런 감사를 실천하면서 점점 근육을 붙여 나가야 비로소 강력한 에너지를 발산할 수 있는 감사를 할 수 있다. 감사는 파동이고, 힘이며 에너지이다!

감사 에너지가 주변이 흘러넘치게 함으로써 내 삶뿐 아니라 우리 가족 우리 회사 우리나라 더 나아가 전 세계의 감사 에너지를 흘려보낼 수 있다.

내 삶의 에너지를 바꾸는 방법은 여러 가지가 있다. 본인에게 맞는 방법을 찾아 잘 활용하면 된다.

좋은 에너지를 발산하면 좋은 에너지가 끌려온다. 감사는 좋은 에너지를 유지하는 훌륭한 도구이다.

그 도구를 잘 활용하면 풍요로운 인생의 주인공을 살 수 있다.

감사는 문제를 해결할 수 있는 팁을 준다.

감사는 관계를 회복시킨다.

감사는 위기 속에서 배우고 성장하게 한다.

감사는 두려움을 없애준다.

감사는 삶을 향상한다.

감사는 성장하게 한다.

이 글을 읽는 모든 분이 무궁무진한 감사의 에너지를 잘 활용하여 늘 감사함으로 행복한 인생의 주인공이 되기를 바란다.

감사합니다.

5

지금의 상황이 미래의 감사가 될 것이다

배민경

나는 미술학원을 말아먹은 적이 있다. 재개발 지역이 되어, 하루하루 아이들이 이사 가고, 빠져나가는데, 8년 전 30대 초반의 어린 나이에 이 일은 하늘이 무너지는 듯이 여겨졌었다. 그 전까지 콧대 높게 살았는데, 미술학원 실패는 정말 충격적인 경험이었다. 내가 겪은 재수 이후 두 번째 충격적인 실패였다. 학원 강사로 있을 때, 나의 실적은 꽤 좋았다. 그랬는데 내 학원 운영은 일개 강사로 일하는 것과 다른 이야기였다. 나는 아이들을 가르치는 걸 좋아하지, 학원 운영을 좋아하는 게 아니었다. 가르치는 것과 운영은 별개의 일이었다. 혼자 일하는 학원에서 청소도 내가 스스로 해야 했다. 돈계산은 어려웠고, 엄마들이 언제 돈을 내고 내지 않는지 챙기는 것은 어려웠다. 거기다가 재개발지역이 되었다. 아이들은 하나둘 씩 이사를 갔고, 하나하나 아이들 모집하는 것은 너무 힘들었는데 아이들이 빠져나가는 것은 썰물같이, 정말 순식간에 이루어졌다.

30살 봄날의 배민경은 실패자가 된 것 같았다. 재수 이후로 처음 느껴보는 실패감이었다. 마음이 너무너무 힘들어서 병원으로 달려 갔는데 약물을 사용해도 나아지지 않았다. 왜 내게 이런 일이 일어 났는지 알 수가 없었다. 그렇게 몇 년 동안 힘들었다.

그러고, 미술학원을 말아먹은 지 5년 후, 가까운 친구가 코로나로 인해 사업이 망해가고 있었다. 친구는 내 앞에서 참 많이 울었다. 그리고 그때 그 친구를 어떻게 위로를 해야 하는지 알 수 있었다. 나는 그 친구의 마음을 이해할 수 있었으니까. 완벽하게 같은 경험은 아니지만 비슷하게 사업을 망해가고 있는 경험이었기에, 모두, 전부 다는 아니지만 마음의 어떤 부분이 아플지 알 수 있었고, 마음의 어떤 부분을 만져 줘야 할지 나는 알고 있었다. 그때 나는 내가 친구 곁에 있음이 감사했다.

그때 알았다. 힘들었던 시간이 이 친구를 위로하기 위해 있었구나. 내가 겪은 그 시간들은 이 친구를 위해 있었구나. 나는 공감 능력이 약하다. 심리 검사를 받고, 병원에서 그 부분이 발달이 덜 되었을 것이라고 말씀하셨다. 그랬던 내가 위로를 하였다. 공감을 하고 함께 힘들어할 수 있었다. 나에게 학원을 말아먹은 것은 정말 아픈 시간이었지만, 지나고 보니 그 시간이 있었던 이유가 있었다.

이혼의 경험도 마찬가지다. 먹고 있는 약의 양은 늘어나고, 상담

치료까지 받게 되었다. 그런데 내가 이혼을 하고 나니, 친구들이 이혼을 하거나 신랑과 안 좋은 일이 있을 때 내게 전화가 온다. 그렇게 친구들한테 전화가 옴을 감사했다. 나의 이혼도 쓸모가 있었다.

그 이후 힘든 일이 있을 때, 지금 시간도 이유가 있을 것이라고 나를 위로하게 되었다. 그리고 그 시간이 내게 있음을 감사하게 되었다. 모든 일은 이유가 있다. 우연히 일어나는 일은 없다.

그러고 그때, 나는 감사 일기에 그때 그 시간을 주셔서 감사하다고 적었다. 그리고 나의 마음의 성장 또한 느낄 수 있었다.

이렇게 적으면 이 글을 읽는 독자들은 내가 힘든 일이 닥쳤을 때, 감사함을 표한다고 이야기가 흐를 줄 알았겠지? 아쉽지만 그렇지 않다. 아직 나는 그렇게 강하지 않다. 범사에 감사하라는 말은, 모든 일, 평범한 일에 감사하라는 말이지만, 아직까지 이렇게 힘든 일까지 감사할 만큼 내공이 쌓이진 않았다. 뭐 모든 일은 아니어도, 평범한 일상에 대한 감사는 가능할지 모르겠다. 쌀 한 톨 나오는 데 얼마나 공이 들어가는지, 내가 살고 누리고 있는 이 그림 그리는 작업실이 그 누군가에게는 꿈같은 일 일 수 있으니 충분히 감사한다.

지금 힘든 일이 닥친 것을 감사하진 않는다. 그러나 이 일이 미래에 어떤 일의 쓰임이 될 것임을 알기에 그것은 감사를 한다. 힘든 일이 닥쳤을 때 감사함을 표하는 것과는 약간은 뉘앙스가 다르다. 나는 아직 내공이 많이 부족하다.

불만도 아주 많다. 아주 불평불만을 입으로 내뱉는다, 하지만 그래도 안다. 지금 이 순간, 지금 닥친 이 순간을 감사하진 못하지만, 이 일이 후에 감사할 일이 될 것이라는 것은 안다.

그래서 이럴 때 감사 일기에 가만히 (미래)라는 글을 붙인다. 이 말을 붙이는 건 나는 지금 솔직히 감사하진 않지만, 미래 이 일이 감사하게 될 것이라고 예측하며 그렇게 붙인다. 신은 나를 너무너무 사랑하고, 나를 돌보고 있고, 모든 일은 이유가 있을 테니까.

지금도 내 상황은 그렇게 좋지 않다. 경제적으로 아직 넉넉하지 않으며, 아이가 갖고 싶은데 남자조차 없다. 그래도 이유가 있을 것이다. 솔직히 지금 이 상황을 감사하진 못하겠다. 그러나 미래엔 지금의 순간이 감사하겠지? 이유가 있겠지?

지금의 상황이 미래의 감사가 될 것을 나는 안다.

조용히 한 줄 적어본다.

(미래) 2022년 뜨거운 여름, 경제적으로 넉넉하지도 않고, 아이가 아직 없음도 이 상황을 주신 것을 감사합니다.

6

당신은 처음부터 감사한 존재

안경희

남편이 초저녁에 장례식장에 간다고 집에서 나섰다. 새벽에 휴대폰 벨이 울렸다. 전화를 받으니 '119입니다. 배우자가 사고가 나서 병원으로 이송 중입니다.' 라고 했다. 믿기지 않았다. 장난 전화인 줄만 알고 전화를 끊었다. 그래도 혹시나 하는 마음에 다시 전화를 걸어 보았다. 그쪽에서 최운현씨 보호자입니까? "영천병원으로 이송 중입니다." 라고 한다. 떨리는 마음을 부여잡고 옷을 갈아입고 지갑을 챙긴다. 콜택시를 불러서 타고 알려 준 병원으로 간다. 도착해서 병원 응급실로 갔다. 이름을 말하니 안내해 주었다. 신랑이 침대에 누워있었다. 아프다고 이야기를 한다. 머리 앞쪽에 다친 듯 반창고를 붙이고 있고 바지에도 피가 묻어있다. 의사 선생님을 뵈었다. 1.5M 높이에서 떨어지면서 이마 위 머리 부분이 부딪혔다고 한다. 뇌 쪽이라 대학 병원에 가면 지체될 수 있으니 뇌 전문 병원으로 병원을 추천해 주었다. 구급차를 불러주었다. 진료비를 계산하고 있으니 곧 차가 왔다. 대구에 있는 뇌전문 병원으로 향했다. 정신을 똑바로 차려야 했다. 신랑이 크게 다쳤고 중1, 초5 아들 둘이 집에서 자고 있다. 구급차는 우리를 싣고 빠르게 다음 병원으로 갔다. 도착해서 안전하게 이송해 주었다.

새벽 4시다. CT 촬영을 다시 한단다. 담당 선생님은 내일 볼 수 있단다. 병실로 이동했다. 코로나 19로 인해 병실로 들어갈 수 없었다. 배려를 해주서서 잠시 들어가 비몽사몽인 신랑을 보고 집에 갔다가 다시 온다고 했다. 병원에서 나오니 5시가 다 되었다. 병원 앞이 바로 버스정류장이었다. 집으로 가는 버스에 올랐다. 오늘은 일요일, 시댁 식구들이 모두 모이기로 되어있었다. 집에 도착해 형님 댁에 전화를 했다. 나도 모르게 참았던 눈물을 소리 내어 우니 형님이 놀라서 아주버님을 바꿔주었다. 진정을 하고 새벽에 응급 구조대 전화를 받고 병원에 갔고 신랑이 현재 뇌 전문 병원에 있다고 했다. 그럼 오늘 시댁 모임은 못 오는 걸로 알고 어른들께는 알리지 말자고 한다. 아주버님이 동생이 다쳐서 미안하다고 하셨다.

다음날 새벽에 깨었다. 그 시기에 R365 존 맥스웰 몰아 읽기에 참여 중이었다. 첫 번째 도서로 어떻게 배울 것인가? 를 읽고 있었다. 새벽에 눈을 떠서 그 책부터 한 챕터를 읽는데 예시에 나오는 이야기가 비참한 상황의 아이의 이야기로 나에게는 힘이 되었다.

오후에 담당 의사 선생님을 뵈었다. 높은 곳에서 떨어져 앞쪽 이마 위를 부딪치고 뇌를 다쳤는데 앞으로 일상 업무를 못 할 수도 있단다. 병원에 3주정도 입원하며 경과를 지켜보자고 한다. 그러면서 건강 체질이라며 높은 곳에서 떨어졌는데 이 정도 다친 것도 천만다행이라고 한다. 병실 출입도 되지 않고 일단 집으로 왔다. 너무 힘들지만 부모님께는 걱정을 끼칠 것 같아서 말씀도 못 드렸다. 시댁에도 아주버님, 애들 큰 고모에게 이야기했는데 어른들께는 알리지 말자고 한다. 언니와 통화를 했는데 언니 생각은 다르다고 했다. 부모님은 생각보다 강하다며 알려야 한다고 했다. 친한 친구와 언니 그리고 친정 부모님이 신랑이 다친 사실을 알게 되었다. 코로나 19로 병실에는 가지 못하고 신랑과 전화는 할 수 있었다. 머리를 다쳐서 부어있으니 통화는 길게 하지 않았다.

아버지께 전화가 왔다. 시 부모님께 알려야 한다고 했다. 만약에 저렇게 병원에 있다가 잘못되면 알리지도 않고 그 원망을 어떻게 감당하려 하느냐고 말씀하신다. 일단은 시댁 형제 분들은 부모님을 염려하시니 이야기를 미뤘다. 걱정이 된다. 그런데 큰 고모는 사고가 났던 그 식당을 찾아가 보려 하고 같이 간 사람들을 만나려고 했다. 나에게 하양 119에 연락해 사고 났던 장소를 알려달라고 하란다. 나중에 알고 보니 애들 아빠에게도 전화를 했던 것 같다. 나는 신랑이 머리를 다쳐서 안정을 취했으면 싶은데 형제분들이 전화를 했다고 하니 속이 상한다. 애들 아빠와 같은 사무실을 쓰는 박 팀장에게 전화를 해 보았다. 장례식장에 함께 가지 않았다고 한다. 남편과 같이 있던 사람들은 거래처 사람들이라고 했다. 그리고 같이 있었는데 술을 마시고 남편이 다쳤으니 면목 없어한다고 했다. 신랑에게 전화해 보니 알아보지 않아도 된단다. 그런데 아주버님과 고모는 119에서 알려줬던 장소에 가보니 식당이 아니고 같이 있었던 이들도 전화를 받지 않았다고 한다. 신랑 입장에서 생각하니 거래처 사람들이 조심스러울 듯하고 아주버님과 고모는 그쪽에서 연락을 피하니 의심을 하는 것 같다. 사람이 저렇게 다쳤으니 사건을 알아보는 형사처럼 구는 것이. 보상금을 생각하시는 건지. 휴우!

일주일이 지났을 때 고민을 하다가 시부모님께 알리러 갔다. 사고가 나서 시댁 모임에 오지 못했다고 머리를 다쳐서 병원에 있고 몇 주 뒤 퇴원을 한다고 하니 어머니께서 우신다. 어머님이 어쩐지 기분이 싸했다며 신랑이 전화를 안 받아서 이상하다 생각을 하고 계셨다고 하신다. 앞으로는 술은 일체 입에 대지 못하게 하라고 하셨다.

일주일이 지나고 2주일이 지나고 신랑이 점점 좋아졌다. 자기는 집으로 오고 싶다고 한다. 친정아버지께서 병원에 연락을 해서 3주 채우라고 하셨나 보다. 의사 선생님이 머리 쪽이라 조심하고 병원에 있는 것이 좋다고 했다고 한다. 드디어 퇴원하는 날이 되었다. 병원에 도착해 신랑 퇴원 수속을 밟고 함께 나왔다. 택시를 탔다. 박팀장은 휴가를 갔다고 한다. 고마워서 아는 후배에게 이야기해서 대구에 있는 수영장 있는 호텔을 이용할 수 있게 해 주었다고 한다. 박 팀장은 작년에 신랑이 대구에서 허리 시술할 때에도 입원, 퇴원할 때 기사 노릇을 했다. 오늘도 휴가를 가지 않았다면 퇴원한다고 왔을 거란다. 고마운 사람이다. 그리고 남편은 퇴원을 정말 하고 싶었다고 한다. 이유는 뇌 전문 병원이라서 치매 환자 분이 계셔서 병실이 조용할 날이 없었다고 한다. 새벽까지도 말이다. 그런 부분은 생각지도 못했는데. 신랑이 크게 다치고 그동안 남편의 존재감을 실감할 수 있었다. 신랑이 좋아질 거라고 우리 곁에 다시 돌아올 날만을 손꼽아 기다렸는데 다행이다. 정말 다행이다. 왜 힘든 시간을 거쳐야만 깨닫는 걸까?

미리 효도하고 미리 시간을 소중히 대하자. 미리 건강을 챙기자. 미리 기도하고 미리 책을 읽고, 중요하고 소중한 것을 잘 챙기자. 먼 훗날 후회하지 않게! 미리 가족의 존재에 관해 감사하자, 미리미리!

7

감사하지 않으면 무엇을 할 수 있을까요

이경해

아이를 키우는 과정은 쉽지 않다. 내 인생에서 부모는 처음이었기에 아이의 마음을 들여다보는 과정이 어려웠다. 어렸을 적 부모의 사랑을 충분히 받지 못했다. 경제적 어려움도 있었고 그 시대 부모님들은 요즘과 다르게 무뚝뚝했기 때문이다. 내 유년시절에 행복한 기억이 없다. 하지만 나의 아이들은 즐거운 추억으로 가득하여밝게 자랐으면 하는 마음이다. 충분한 사랑으로 몸과 마음이 건강한 어른을 성장해 나가기를 기도했다. 하지만 신은 쉽게 나의 바람을 허락하지 않았다.

큰아이 초등학교 2학년 때 심리검사를 받았다. 학교 선생님과 상담하던 중 아이의 이상행동에 대해 듣게 되었다. 학교 안에 있는 동상과 이야기를 나눈다는 것이었다. 학교 운동장에는 신사임당, 세종대왕의 동상이 있었다. 쉬는 시간, 다른 아이들은 또래와 놀거나게임을 하는데 큰 아이는 동상과 대화를 나누면서 쉬는 시간을 보낸다는 것이었다. 충격이었다. 그저 평범하게 잘 자라고 있다고 믿었는데 뒤통수를 세게 얻어맞은 느낌이었다. 곧바로 기관에 가족 심리검사를 신청했다. 유아교육을 전공한 사람으로 아이의 문제를 아이에게만 두지 않는다. 경험으로 아이의 문제는 부모로부터 비롯한 것임을 잘 알고 있었다. 검사 결과 아이와 나는 우울감이 높게 나왔다. 아이는 놀이치료를 받기로 했고 나는 일상 중 혼자만의 시간을 꼭 가지라는 처방을 받았다. 아이를 데리고 몇 달 동안 공립기관으로 놀이치료를 다녔다. 6개월쯤 지나니 아이의 이상행동이 줄기 시작했다. 국가에서 운영하는 놀이치료는 신청자 수가 많아 6개월로 제한되어 있다. 이후로는 가격이 비싼 사설 기관으로 옮겨야 한다. 무엇보다 놀이 치료는 치료시간이 평일로 제한되어 있다. 직장을 그만 두지 못한 나는 평일의 야간 치료를 받을 수 있는 사설 기관을 한참 동안 검색했다.

오랜 기다림을 거쳐 다시 치료를 시작하고 3개월이 지나던 어느 날, 아이가 치료를 그만 다니겠다고 했다. 육체적으로 힘들고 마음이 괜찮아졌다며 마무리를 짓겠다는 의사를 분명히 했다. 노파심으로 상담교사와 긴 이야기를 나누었다. 많이 좋아졌고 치료를 그만 두어도 괜찮다는 진단을 받고 수업을 그만두었다. 지금은 이렇게 글로 담담히 적을 수 있지만, 당시에는 마음이 많이 힘들었다. 육아가 힘들다고 너무 어릴 때 아이를 기관에 보낸 탓일까? 아님 동생이 태어난 후 충분한 위로를 받지 못한 여파가 초등학교에 가서 나타난 것인가? 우울로 인해 나타나는 감정 기복이 아이를 불안하게 만든 것일까? 온갖 생각과 자책으로 힘든 시기를 보냈다. 그리고 생각했다. 내 몸과 정신부터 차리자고, 엄마가 건강해야 아이들도 건강하게 잘 키워 나갈 수 있음을 그때 깨달았다.

그날 이후 자주는 아니더라도 내 시간을 가졌다. 읽고 싶은 책을 골라 읽었고, 커피숍에 가서 멍하니 창밖을 바라보다 오는 시간도 가졌다. 그렇게 내 마음을 스스로 치유해 간다고 생각했다. 그렇게 또 10년의 세월이 흘렀다. 아이는 여전히 별나다. 자기애가 강하고 말로 표현하기 어려울 만큼 허세도 심하다. 마음이 약해 울기도 잘하고 감정이 폭발해 가족을 놀라게 한다. 그 모습을 보면서 순간적으로 나를 떠올렸다. 평소 엄청 순해 보이지만 화를 주체 못 하고 터뜨릴 때가 있다. 큰아이의 기질은 나를 닮은 것 같다. 무엇을 해야 할지 몰랐다. 내 마음부터 다스릴 수 있는 대책이 필요했다. 감사 일기를 쓰면서 상황을 볼 때 긍정적인 면을 먼저 찾아보기 위한 노력을 한다. 좋은 선생님의 관찰과 면담으로 이른 시기에 검사와 치료를 받을 수 있어 지금은 건강하게 잘 자라고 있는 아이를 보며 감사하다. 별난 기질의 엄마를 닮아 놀라울 때도 있지만 내가 나를 알기에 대비를 할 수 있어 감사하다. 원망과 걱정의 말보다 감사의 언어를 통하니 마음이 위로되고 즐거움과 기쁨이 생겨난다. 마음이 행복해진다.

어느 날 동료 교사가 말했다. '다음 생에 태어나면 절대 보육교사는 안 할 거예요. 공부 열심히 해서 꼭 다른 일 하고 싶어요.' 동료 교사의 나이는 20대 후반이다. 그녀를 만난 건 원감을 그만두고 이전에 다니던 어린이집으로 재입사하던 해였다. 이제 막 3년이 조금 넘었다. 처음 만났을 때 그녀는 20대 중반이었다. 그때도 같은 말을 들었던 것 같다. 당시 그녀에게 공부하기를 제안했었다. 무엇이든 다시 시작할 수 있는 좋은 나이니, 여기서 머물지 말라는 충고와 함께였다. 그 말을 해 주면서 속으로 생각했다. '나도 20대라면 정말 좋겠다. 알고 있는 모든 정보와 체력을 총동원하여 다른 분야의 일을 찾을 텐데…'

당시에는 이런저런 평계를 대며 현재에 머물러 있는 막내 교사가 안타까웠다. 할 수 있다면 손을 잡아당겨 배움 그 어디쯤 그녀를 던져놓고 싶었다. 하지만 현재에 만족하며 머물러 있었던 건 나도 마찬가지였다. 이미 15년 전에 감사 일기를 만났었다. 감사 일기를 쓰면 삶이 변화한다고, 성공할 수 있다고 열심히 알려주었는데 그때는 나와는 상관없는 것이라고 외면했었다. 달랑 세 줄의 감사를 적는다고 뭐가 더 나아지겠어? 하는 의심이 강했다. 감사 일기 프로젝트에 참여한지 1년이 되었다. 업무적인 것을 제외하고 배우고 도전한 분야에서 1년을 버틴 것은 처음이다. 신기하고 뿌듯하다. 불만과 불평의 시간을 대신하여 감사가 쌓아가고 있다. 쌓이는 시간

만큼 삶에도 의미가 만들어지고 있다. 아직은 다른 사람들 눈에 보이지 않을지도 모른다. 오롯이 나만이 느끼게 되는 작은 행복의 순간들이 있다. 큰아이는 요즘도 몽상가 같은 이야기를 자주 한다. 순간순간 어이없는 대답으로 나와 신랑을 당황하게 만들지만 웃음을 준다. 예전 같으면 '도대체 왜 그럴까? 뭐가 문제지?' 하는 반응만 보였을 텐데 요즘은 아이의 몽상에 맞장구를 치며 상상의 나래를 펼쳐보기도 한다. '정말 그런 세상이 되었으면 좋겠다. 네가 한번 만들어 봐~' 하고 아이는 '내가 어떻게 만들어요.'라며 꼬리를 내리지만 한편으론, 엄마의 맞장구를 기분 좋아하는 모습이다. 말 한마디로 웃고 있는 아이를 보면 순간이지만 소통이 되는 것 같아 행복하고 감사한 마음이 든다.

누구나 삶의 미로 속을 걸으며 무언가를 쫓아 이동하고 있다. 저마다 쫓아가는 목표는 다르다. 어떤 사람은 꿈이라고 말하고 어떤 사람은 부자가 되는 것일 수 있다. 결국 꿈을 쫓아가는 사람들도 부자가 되고 싶은 사람들도 마지막에 원하는 것은 사랑하는 사람들과의 행복이 아닐까? 그 누구도 불행한 삶을 원하지는 않을 것이다. 삶이 사랑과 행복으로 채워지기를 원한다면 지금 바로 작은 감사라도 시작하라고 권유하고 싶다. 이론을 설명하기는 어렵다. 하지만 한 번의 감사가 아니라 매일, 매 순간의 감사를 찾아 말로 표현하고 글로 적어보라. 당장 결과가 눈에 보이지는 않는다. 쌓이고 쌓인 감사가 순간의 행복을 만들어 준다. 사랑하는 마음을 가지게 한다. 원하는 것들이 하나, 둘씩 채워질 것이다. '감사'의 글을 쓰면서 관련 책을 찾아보았다.

나도 모르게 따라 쓰게 될까 봐 내용을 보지 않고 제목만 살폈다. 《내 삶을 변화시키는 감사의 기적》, 《나날이 감사 나날이 행복》, 《기적을 만드는 감사 메모》, 《수천억의 부를 가져오는 감사의 힘》 등 제목만 보았음에도 감사를 왜 해야 하는지, 감사하지 않으면 무엇을 할 수 있을까? 하는 생각이 들었다. 감사하는 삶은 행복을 만든다. 감사할 줄 아는 사람은 행복하다. 더 많은 사람들이 감사로 사랑하며 행복하게 살았으면 좋겠다.

8

왜 걱정합니까? 감사하면 됩니다

홍예원

늘 걱정과 근심이 많았던 사람이다. 일을 시작할 때도, 몸이 아플 때도, 아이들을 바라볼 때도, 항상 불안함과 초조함을 안고 하루를 시작했다. '제발 오늘 하루도 무사하길!' 간절함을 안고 발길을 옮겼다. 왜 그랬을까? 지금 생각해 보면 참 힘들게 생활했구나! 안타까운 마음이 든다.

사실, 초등학교 저학년 시절에 나는 분리불안으로 인해 엄마와 떨어지고 스스로 학교생활이며, 외출하는 일에 어려움을 겪었었다. 그리고 17살 때, 아버지의 사업이 부도가 났다. 그 일로 인하여 우리 식구들 모두 근심과 걱정을 안고 생활해야 했다. 학교에 다녀오면 엄마도 집에 계셨는데, 전업주부의 생활을 포기하시고, 직장을 다니시게 되었다. 난 집에 오면 아무도 맞이해 주지 않는 집이 싫었다. 그래서 집으로 바로 하교하지 않고, 독서실에 다니며, 부모님이 집에 오실 시간쯤이 되어서야 들어왔다. 갑작스럽게 직장 생활을 해야 하는 엄마, 하시던 일들을 다 정리하고 일자리를 찾으셔야 하는 아빠, 고등학생이던 나와 동생은 서로 대화도 없어졌다. 평생 처음으로 느껴 보는 집안의 분위기였다. 돈을 받으러 오는 채권자들도 밤이면 찾아왔다. 나는 너무 무서웠다. 물론 TV나 영화에서 보던 사채업자들은 아니지만, 그들을 상대하는 아빠와 엄마는 너무도 힘들어 보였고, 우리에게 미안해하셨다. 결국, 우리 집은 경매에 넘어갔다. 우리 네 식구가 이사 할 집을 구할 돈도 없어 걱정하시는 아빠 엄마의 대화를 듣게 되었다. 나는 잠도 오지 않았고, 불안과 초조함은 더욱 심해졌다. 당연히 공부에도 학교생활에도 의욕도 흥미도 없었다. 그냥 무섭고 두려웠다.

하루는 시험을 마치고, 집에 일찍 들어갔는데, 현관에 낯선 신발이 눈에 띄었다. 손님이 오셨다. 옆집에 사시는 전도사님, 윗집의 집사님, 이웃집 권사님, 사실 그때까지도 우리 가정은 믿음의 가정이 아니었다. 우리 아빠는 기독교 신앙을 가진 분들을 좋아하지 않으셨고, 그들이 주는 안내지나 전도지 등은 받지도 않았다. 그리고 그들을 그냥 보내는 일이 없었다. 무섭게 쏘아보며, 절대 우리 집 주변에도 오지도 못하게 야단을 치셨다. 우리가 살던 빌라의 식구들은 모두 한 교회의 식구들이었는데, 우리 집과 아랫집만 무교였다. 그 빌라 입주한 지 5년 동안 우리 가정을 위해 기도해 주시고, 주일마다 교회 가자 말씀해 주신 옆집의 전도사님도 지쳐가던 중에 이런 어려움을 겪게 된 것이다. 그런데 무슨 일이실까? 싶었는데. 우리 가정의 소식을 들으시고, 엄마 아빠를 도와주시겠다고 오신 것이다. 집을 구할 보증금을 빌려주시고, 부족한 보증금이지만 그 돈으로 이사 갈 수 있는 반지하 방 두 개, 작은 거실이 있는 집을 구해주셨다. 아빠 엄마의 성실함에 어려운 상황의 우리 가정을 도와주신 것이다. 모든 살림살이를 정리하고, 꼭 필요한 것들만 챙겨 이사했다. 그리고 우리 부모님도 교회를 나가셨다. 나도 태어나 처음으로 예배를 드렸고, 신앙생활을 시작했다. 신앙생활을 시작으로 우리의 가정은 비록 초라해졌지만, 마음만큼은 평온을 되찾아 가고 있었다.

기나긴 터널을 지나온 느낌이었지만, 어느덧 나도 고등학교를 졸업하고 야간에 학교도 나가고, 낮에는 구청 민원실에서 아르바이트를 시작했다. 평일에는 학교와 구청을 다니면서 금요일부터 주일을 기대하며 교회의 모든 예배를 참석하며, 고난 뒤에 찾아온 하나님께서 우리 가정을 더욱 견고히 세워주셨다. 나의 불안감도 초조함도 모두 사라졌고, 믿음 안의 평안을 감사할 수 있는 시간을 매일 매 순간 느끼며 생활했다.

더욱 놀라운 사실은 아버지도 교회에 나가시고, 봉사도 하시며, 교회 안에서 일자리를 맡고, 열심히 생활하셨다. 아버지께서 낮은 자리에서부터 본인의 일에 충실히 행하시며, 늘 우리에게 말씀하셨다. 사람을 보지 말고, 하나님을 보고 생활하라고, 작은 일에도 감사를 하며, 절대 남을 탓하지 않고 생활하시는 아버지의 변화된 모습에 우리 가족들은 모두 감탄을 멈출 수 없었다. 교만하시게 생활한 부모님은 아니셨지만, 모든 현실을 받아들이고 낮은 자의 모습에서 만족하고 감사할 수 있는 부모님의 성실함에 우리 가족은 5년 만에 빚도 정리하고, 새 보금자리로 이사를 했다.

그 사이 나는 또 감사를 잊고, 늘 풍족했던 어린 시절을 보내던 철없는 아이로 돌아왔다. 모든 고난의 짐은 부모님이 지셨는데, 내가 영광을 누리는 그 영광도 모두 나의 것인 듯 생활하며, 신앙생활도 뒷전이 되고, 나의 일상에 파묻혀 지냈다. 그런 나의 모습을 너무도 부모님은 속상해하시고, 안타까워하셨지만, 그때는 잘 몰랐다. 뭘 그렇게 내가 변해가고 있는지, 내 삶 속에 내가 무엇을 잘못하고 있는 것인지? 어려울 때, 힘이 되고 도와주셨던 감사한 분들과 상황들. 그 모든 것을 하나씩 지워가고 있던 듯싶다. 그렇게 시간이 흘러 30대가 지나고, 어느덧 40대 중반의 아줌마가 되었다.

문득 나를 이끌어 주고, 붙들어주고, 안아주며, 반기던 옛 친구, 선배들의 모습도 생각이 난다. 그때의 간절함에는 내가 이들에게 꼭 은혜를 갚고, 보답하며, 감사를 잊지 않겠노라! 맹세했던 적도 있었는데. 살아가다 보니 은혜가 무엇인지 감사가 무엇인지 늘 불평과 불만을 안고 사는 나의 모습을 마주하게 되었다. 다시 불안과 초조함에 자신감도 떨어지고, 자괴감까지 느끼며, 무너진 나의 모습을 보며, 나는 기억을 더듬어 본다. 내 안의 모든 걱정을 버리고, 나를 찾기 위해 무엇인가 하지 않으면, 안될 것 같았다. 그래서 나는 책도 읽고, 공부도 하며 나를 찾아가기 시작했다. 그리고 마주한 감사 일기장! 처음엔 3일에 걸쳐 하루를 작성해야 할 만큼 고민과 막막함에 빠져있었다. 뭔가 보답이 없는데, 왜 고마운 것인지, 나의 고민은 그대로 남아있음에도 감사해야 할 일인지, 이해가 되지 않았지만, 나는 그냥 손이 가는 대로 마음이 가는 대로 칸을 채워 가기로 했다. 아침에 일찍 일어나도 감사하고, 늦잠을 자도 감사하고, 오늘 써야 할 돈이 부족해도 감사하고, 아이들이 학교나 어린이집을 가도 감사하고, 순간순간 사소한 작은 것부터 감사가 시작되다 보니, 근심도 걱정도 없이 늘 풍성한 하루가 나에게 찾아오기 시작했다. 칸을 채우기 위해 그냥 기록했던 감사한 일도 나에게 현실로 찾아오기 시작했다. 때론 불안과 걱정이 찾아오는 부정적인 마음으로 하루가 시작되어도 그런 날도 감사하다고 기록한다.

감사 일기에 관련된 도서를 읽었을 때도 사실 믿기지 않던 일들이 요즘은 나의 감사 일기 쓰기를 시작하면서 아! 모두가 이런 마음이었구나! 이런 것이었구나! 라는 공감을 한다. 나는 이제 당당하게 '왜 내가 걱정해? 감사하면 되는데! 라고 말할 수 있다. 내가 잊고 있는 일을 찾아 또 감사한 하루를 정리한다. 오늘도 나의 감사 일기는 소원 일기, 희망 일기가 되어 당당한 나를 찾아가며, 꿈을 갖게 하는 시간을 선물한다.

9

오늘, 얼마나 많은 감사한 일을 만났습니까

이자람

오늘 하루를 어떻게 보냈는가? 눈을 감고, 어떤 하루를 보냈는지 생각해 보았다. 가족과 아침 식사 시간에 함께 나눈 대화, 학생들 만나서 수업한 일, 엄마와 함께 동네 마트에 가서 장본 일, 저녁 퇴근길 예쁜 하늘에 감탄한 일. 일정에 맞춰 보낸 하루이지만, 수많은 순간들이 모여져서 내가 보낸 하루가 되었다. 이제 감사할 일들을 생각해 보려 한다. 아침 식사 맛있게 고등어를 구워주신 엄마에게 감사한다. 학생들이 열심히 숙제를 해 놓았고, 즐겁게 대화를 할 수 있는 상황에 감사한다. 마트에서 주차할 자리가 나와서 감사한다. 퇴근길 예쁜 하늘을 보여준 자연에 감사한다. 지금까지 이야기한 것이 내가 감사 일기를 쓰기 위해 저녁에 책상에 앉아서 하는 생각이다. 정말 평범한 일상이다. 하지만 내가 감사를 느끼려고 노력하니까, 누구에게나 있는 그저 평범한 일상들이 마음속 깊이 감사하게 되고, 행복을 피부로 느낀다.

감사와 행복의 에너지로 자신을 채우게 되면, 마음의 힘이 강해진다. 마음의 힘이 강해진다는 것은 어떤 것을 의미하는 것일까? 흔히 헬스장을 다니게 되면, 몸의 근육을 키운다고 한다. 몸에 있는 다양한 근육들을 키우는 이유는 무엇일까? 미용의 목적도 있겠지만, 코어 근육을 키우면 살이 빠지거나, 몸이 힘들어도 버틸 수 있는 단단한 몸을 만들어준다고 한다. 흔히 말하는 '체력'이 좋아진다는 것이다. 그럼 마음의 힘, 마음의 근육이 강해진다는 것은 어떤 것을 의미하는 것일까?

나는 음악을 전공했다. 피아노 전공이었다. 학부 시절 한 학기에 최소 두 번에서 세 번 정도의 연주가 있었고, 매주 지도교수님과 레슨 시간이 있었다. 레슨 시간은 학생이 실기시험 곡을 연주하고, 그 연주에 대해서 교수님에게 다양한 피드백을 받는 긴장감 넘치는 시간이다. 레슨은 사나흘 전부터 엄청난 긴장감이 늘 엄습했다. 실기시험은 적어도 2주 전부터 엄청난 스트레스에 시달렸다. 배탈이 나고, 두통에 시달리고, 집중이 되지 않지만 계속 연습을 억지로라도 하려고 애썼다. '시험 때 멈추면 어떻게 하지?' '연주하다가 이 부분은 잊어버릴 것 같은데, 여기 더 잘 외워야겠다.' 이 시기에는 상상할 수 있는 모든 부정적인 상황들을 상상하게 된다. 물론, 이 상상들로 인해서 더 철저하게 시험을 준비할 수도 있었을 것이다. 그러나 과정이 너무 힘들었다. 머릿속에는 부정적인 생각으로 꽉 찼다.

그중에 최고는 악몽이었다. 자주 꾸는 꿈이 아니었는데, 실기시험을 앞두면 꼭 시험보다 멈추는 꿈을 꾸었다. 그리고 더 최악인 것은 멈췄는데 다음이 기억이 나지 않아, 멍하니 피아노 앞에 앉아있는 것이다. 그런 꿈을 꾼 날은 식은땀을 잔뜩 흘리며 잠에서 깬다. 피가 마르는 시간이었다. 좋아서 시작한 음악이지만, 무대와 시험은 준비하는 내내 나를 힘들게 만들었다. 이러한 시간은 '무대 공포증'이라는 이름으로 당연시 여겨왔다. 힘들게 준비한 만큼 이 시간은 필요한 것이라고 합리화시킨 것이다. 유명한 피아니스트들도 모두 겪는 어려움이기에 힘든 시간을 오히려 즐겼던 것 같기도 하다.

졸업한 이후에도 1년에 무대에 오를 일이 두 번 정도 있었고, 비슷한 패턴으로 긴장을 느끼는 상황의 연속이었다. 감사 일기를 쓰고 몇 달 되지 않은 시점에는 큰 변화를 느끼지 못했던 것 같다. 그러던 중, 2021년 1월 연주였다. 좋은 기회로 3년 만에 '세종문화회관'에서 연주를 할 수 있는 기회가 생겼다. 늘 있는 연주였지만, 이전 연주 준비와는 달랐다. 코로나 이후에 큰 연주회는 처음이었기에, 무대를 할 수 있음에 감사함으로 꽉 찼다. 그러나 준비 기간이 길지 않고, 연주할 곡이 화려하고 멋있는 곡이라 연습이 꽤 필요한 상황이었다. 꾸준히 준비했지만, 노력에 비해 잘 안 되는 상황이었다. 당시 2주 남짓 남았는데 이상하게 자신감이 생기기 시작했다. 모든 것이 다 잘 될 것 같았고, 당장 안 풀리는 어려운 부분이지만, 나는 잘 해낼 수 있을 것 같았다. 그 과정에 가장 많은 도움을 준 것은 내가 무대에서 멋지게 연주하는 모습을 상상하는 것이었다. 이렇게 상상하는 작업은 내가 준비하는 과정을 즐겁고 행복하게 만들어주었다. 과거에는 도망가고 싶고, 왜 해야 하는지 의욕까지 상실할 정도로 힘든 시간이었는데, 감사 일기로 하루를, 감사로 채워 가다 보니 감사할 일이 생겼고 미래에 있을 일까지 미리 감사하게 되니 두려움과 걱정보다는 설렘과 기대로 꽉 채운 시간을 보낸 것이다.

이 이야기가 나의 피아노 연주에만 국한된 것은 아니다. 하나의 목표를 세우고 준비해서 이루고, 또 다른 목표를 세우고 좌절하고, 다시 도전하고 많은 사람이 삶 속에서 느끼는 하나의 과정일 것이다. 앞서 말했듯 내가 감사 일기로 인해 마음이 다져진 이후에는, 나에 대한 확신이 생겼다. 과거에는 연주를 준비하면서 교수님께 혼나거나, 내 의지대로 되지 않았다면 '나는 왜 이럴까?' '괜히 한다고 했을까?'라고 나에게 물으며 힘들게 했을 것이다. 결국, 다 해낼 수 있으면서 말이다. 하지만, 나는 분명 성장하고 있었고, 마음대로 안 되는 힘겨운 시간도 결국엔 잘 되기 위한 과정이라고 생각했다. 모든 상황과 모든 일이 내가 원하는 대로만 진행될 수 있는 것은 아니다. 하지만 그것은 과정일 뿐, 결국엔 내가 원하는 대로 모든 것이 될 것이라는 강력한 믿음과 기대감이 생겼다.

내가 보내는 하루, 그날 느끼는 감정들이 나를 만들어준다. 내 생각은 결국 현실이 될 것이라고 강력히 믿고 있다. 작은 바람은 내

예측보다 빨리 나에게 다가와 주었다. 이것은 감사의 힘이라고 나는 확신한다. 그러기에, 큰 목표 역시 나를 향해 오고 있다는 것 역시 강하게 믿고 있다. 이런 믿음은 내가 작은 걸림돌에도 흔들리지 않을 힘을 준다. 부모의 긍정적 에너지는 자녀의 삶의 방식에 좋은 영향을 미친다고 한다. 선생님이 학생들에게 전해는 긍정적인 에너지 역시 학생을 행복하게 만들어주고, 자신감을 심어 준다. 한 사람이 감사하게 되면 그가 내뿜는 에너지는 주변의 모든 사람에게 영향을 미친다. 아주 가까운 사람부터 변화하게 된다.

나는 감사 일기를 쓰며 얻은 좋은 에너지, 확언하면서 이룬 것들을 가장 가까운 부모님에게 전해 드렸다. 행동을 바꾸고 생각을 바꾸면 바라는 모든 것을 이룰 수 있다는 이야기가 핵심이었다. '확언이나 감사 일기를 쓰는 것만으로 바라는 것이 모두 이뤄진다고?' 처음에 부모님은 갸우뚱하셨다. 하지만 함께 도전해 보기로 했고, 우리 가족은 모두 감사의 에너지로 꽉 차 있다. 그로 인해 모든 일이 술술 잘 풀린다. 계획대로 착착 진행되는 안정감을 매사에 느끼고 있다. 이토록 모든 것을 이뤄주는 '감사 일기' 나를 더 단단하게 만들어주고, 주변 사람까지 행복하게 만들어주는 '감사 일기' 확언과 감사 일기를 알기 전과 후, 나는 삶을 대하는 방식이 완전히 바뀌었다. 그리고 계속 내가 가진 것에, 앞으로 나에게 올 더 많은 것에게 미리 감사하는 삶을 살아갈 것이다.

에피소드

김성신

감사 일기를 쓰고 많은 감사한 일들이 생기면서 감사 일기 공저 모집에 바로 하겠다고 손을 들었습니다. 즐거운 마음으로 하고 싶은 이야기들을 풀어내며 글쓰기에 빠져들었습니다. 그렇게 초고를 완성하겠다고 계획했던 7월 29일 아침. 저는 한 통의 전화를 받게 됩니다.

"네 아버지가 이상하다. 마지막이 될지도 모르니 아빠랑 전화해라."

"무슨 소리야. 어제 낮에 나한테 아빠가 사랑한다고 큰소리로 얘기했잖아!"

엄마와의 전화를 끊고 '초고를 마치리라' 마침 독서 실장으로 있는 독서실의 아침 근무자의 휴가로 대신 근무를 서게 되어있어서 가서 초고를 완성하면 되겠다고 생각하고 10시부터 근무를 서면서 초고에 집중했습니다. 12시 30분, "초고는 쓰레기다"라는 명언을 외치며 메일로 파일을 보냈습니다.

'좀 쉴까?' 하며 유튜브를 틀었는데 그 어느 것도 눈에 들어오지 않았고 엄마한테 전화를 합니다.

"아빠 어때?" 답을 듣지도 않고 "나 지금 가." 슬리퍼 채로 핸드폰만 들고 무슨 감이 왔는지 바로 앞에 있는 집에 가방을 던져두고 뛰기 시작합니다. 왠지 아빠를 보러 가야 할 것 같았습니다.

도착하기 두 정거장 전, 동생의 전화.

"언니…… 아빠 가셨어……."

하늘나라 가신 우리 아빠께

아빠 하늘나라는 어떤가요? 아빠 이제 다리 안 아프지? 아빠의 마지막 모습은 너무 말라서 심폐소생술도 못 할 정도였어. 너무 마르셔서 심폐소생술 도중에 뼈가 폐를 찌를 수 있다고 하셨어. 아빠가 우리한테 심폐소생술 하지 말라고, 그렇게 애쓰지 말라고 생전에 했던 얘기가 생각났어. 편하게 순간 가신 아빠 얼굴이 아직도 생각나. 돌아가셨는데 아직 따뜻한 아빠 얼굴 만지면서 난 이렇게 아빠한테 계속 얘기했던 것 같아. "아빠 하늘나라에선 훨훨 다녀, 등산 좋아하셔서 전국의 산을 다 다니시던 그때처럼. 아빠 이제 아프지 말아요." 마지막까지 "감사합니다!" 목청껏 소리 내어 말씀하시던 아빠 모습 가슴속에 잘 품고 살아갈게요. 아빠 마지막 모습을 보고 입관할 때도 이렇게 안 울었는데 아빠께 감사편지를 쓰는 이 순간 눈물이 많이 나요. 아빠 그곳에서 평안하세요. 첫 딸로서 나를 특별히 예뻐하셨던 아빠. 아빠의 감사 소중히 받아 감사하는 삶 잘 살아갈게요. 사랑하는 아빠 감사해요.

아빠는 딸로서는 처음인 저를 정말 예뻐했었죠. 항상 다칠세라 살펴 주셨던 것 기억나요. 그리고 내 나이 42살 아기가 둘이나 있는 나에게 음악 공부 시켜 주신 거 기억나? 그땐 꿈인가 싶을 만큼 좋았어요. 감사해요, 아빠. 제가 음악하고 싶었던 마음 헤아려주시고 흔쾌히 대학원 보내 주셔서요. 그때는 공부하기 바빠서 감사하는 마음 충분히 표현도 못 했었던 것 같아요. 감사하는 마음도 밖으로 표현해야 하는데 말이죠. 성당에서 반주할 때마다, 노래할 때마다 아빠께 감사하는 마음 기도로 올릴게요. 아빠 감사해요.

아빠 지금 영정사진 보고 있어요. 참! 아빠 영정사진은 아빠가 교직에 계실 때 제일 멋있었던 사진으로 했어요. 아팠던 모습이 사진에선 안 보여서 좋아요. 정말 멋있었던 우리 아빠. 오죽하면 여중생들에게 영국 신사라고 불리셨을까! 아빠에게도 저렇게 멋있었던 젊은 날들이 있었는데….

아빠는 어느 날인가부터 감사하다고 볼 때마다 눈 마주칠 때마다 얘기하시고 아프시고 힘드신 중에도 웃어주셨어요. 몸소 보여주셨던, 누워계신 중에도 큰소리로 얘기했던 "감사합니다." 이제 그 감사를 딸인 제가 책으로 이야기해요. 아빠 기쁘시죠? 책과 한평생을 함께 하셨던 아빠. 방에 오래된 책들로 가득했던 아빠. 보고 또 보고 그렇게도 책이 소중했던 아빠. 마음 깊고 착하셨던 아빠의 감사. 그 길을 따라갈게요. 아빠 하늘나라에서 평안하셔요. 아빠 오늘따라 더 보고 싶어요. 그리고 감사해요.

아빠. 아빠가 돌아가시고 한 달 열흘이 지나 추석 명절이 돌아왔어요. 새벽에 아빠를 기억하며 드리는 미사에 안 가면 두고두고 후회

할 것 같아서 다녀왔어요. 그리고 우리 삼 형제가 10년 만에 모두 모였어요. 아빠가 돌아가시고 나서야. 오빠가 많이 울었어요. 아빠가 하늘나라에서 엄마 외롭지 않게 다 모여줘서 고맙다 고맙다 하시는 것 같았어요. 아빠가 전봇대만큼 커 보였던 그 어린 시절도 분명 있었는데 우리도 나이가 들어 다들 이제 50대가 되었네요. 아빠만 안 계신 추석. 이런 추석이 올 거라고는 상상을 해보질 않았어. 불효자는 우는 걸까? 아빠? 아빠가 아프시고 거동이 불편해진 이후로 "우리 아이들 다 잘 있지?"라고 한 번씩 얘기하신다고 엄마가 전화로 얘기할 때마다 좀 자주 와 볼 것을 이제야 울면서 후회해요. 그럼에도 우리 아빠. 우리가 가면 그저 반갑다고 하시지 왜 자주 안 오냐는 말씀 한 번 안 하셨던 아빠를 이렇게 글 속에서 기억해요. 뭐가 그렇게 바빴을까, 뭐가 그리 중요했을까. 흐르는 눈물 속에 소용없는 후회를 하며 아빠를 그립니다.

이런 자식들, 손자들에게도 그저 손잡고 고맙다… 고맙다… 감사합니다! 하시던 아빠…….

안 그래도 불효자들인데 코로나까지 겹쳐서 귀도 안 좋으신 아빠한테 누가 보면 미쳤나 싶을 정도로 소리소리 지르며 아빠랑 통화를 했었어. 안 들린다고 자꾸 엄마한테 전화기를 주시는 소리가 안타까워서. 몸도 불편하고 죽밖에 못 드시는 데도 뭐가 그리 감사한지 아빠는 항상 전화 끝에 감사합니다!. 전화를 끊고 나면 내가 살아 있음에 감사하고 우리 아빠 목소리 들을 수 있음에 감사했어. 아직 우리 아빠 괜찮다면서. 이젠 그 목소리조차 들을 수 없네요. 아빠.
하지만 슬프게만 생각하지는 않으려고요.

이제 우리 아빠 안 아프고 예전처럼 하늘나라에서 멋진 모습으로
여기저기 잘 다니실 테니.

아빠 난 아빠의 이것만 기억할래요. 고맙다! 사랑한다! 아빠가 저
에게 남기신 마지막 말.

그리고 저도 아빠께 감히 말씀드려요. 아빠 너무나도 감사하고 사
랑합니다.

마치는 글

.... **김성신**

　두근거리는 마음 반 감사한 마음 반으로 시작한 감사 공저. 초고를 마치고 2시간 후 친정아버지가 돌아가셨다. 아버지 장례를 마치고 돌아온 날 첫 퇴고 모임이 있었다. 아버지는 가시는 순간까지도 아끼는 딸의 책이 나오기를 바라셨나 보다. 아빠 감사합니다. 함께 해서 더 빛나는 우리 선배님들 감사합니다. 그리고 저희를 지도해 주신 이은대 작가님께 무한한 감사를 드립니다. 이 순간 또한 감사의 기적이며 '앱솔루트 땡큐'를 읽어주신 모든 분들께 기적의 행진이 이어질 것이라 굳게 믿어 의심치 않습니다. 모든 것에 감사합니다.

.... **김명주**

　당연한 것을 감사하기 시작하면 또 하나의 열매가 만들어진다고 합니다. 삶에 들어온 '감사'의 씨앗으로 기적과 같은 열매를 맛보았습니다. 많은 분과 '감사'를 알아채고, 생각하고, 느끼고, 표현하는 삶을 살고 싶어졌습니다. 희망과 용기를 주고, 소중함과 행복감을 심어준 곳에는 서로를 향한 '감사'가 있었습니다. 돌아볼 수 있는 시간에 감사하고, '감사의 삶'을 살고 계신 아름다운 작가님들. 함께 할 수 있음에 감사합니다. 독자님 곁에서 함께하는 소중한 책 한 권이 되길 바라며, 그저 감사합니다.

나는 지금 행복하다. 내가 좋아하는 일을 하고, 지나온 내 삶을 생각하면서 글을 쓸 수 있기 때문이다. 내가 행복한 이유의 9할은 감사였고, 감사이다. 감사가 날 행복하게 만들었고, 내 앞의 모든 것에 도전할 수 있는 용기를 주었다. 이번 책을 집필하며 과거의 나를 돌아보았다. 감사 일기를 쓰기 전과 쓰고 난 이후. 당시에 느꼈던 작은 변화들이 나를 큰 변화로 이끌어 주었다는 것을 알 수 있었다. 이 책을 읽고, 많은 독자들이 감사 일기를 통해서 긍정적인 변화를 느끼고 이뤄내기를 소망한다.

감사 일기를 쓴 지도 500일이 가깝게 되었다. 감사 일기를 쓰는 것은 어느덧 중요한 일상이 되었고, 습관을 이어가고 있다. 종이에 쓰던 감사 일기를 이제는 디지털로 쓰고 있다. 종이로 감사 일기를 쓸 때는 여행을 가거나, 부모님 댁에 갈 때 챙겨가지 못하는 때가 왕왕 있었다. 그런데 지금은 아이패드에 넣고 다니니 그럴 일이 사라졌다. 그래서 더 빼먹지 않고, 즐겁게 감사 일기를 쓰게 되었다. 지금까지 즐겁게 감사 일기를 썼듯이, 계속 즐겁게 감사 일기를 써 내려가고 싶다.

'감사 일기'라는 주제로 또 하나의 책이 만들어졌습니다. 미흡하지만 감사로 인해 얻게 된 경험과 감정들을 글로 쏟아내기 위해 노력했습니다. 감사 일기를 만나기 전, 미안한 일들이 참 많았는데 감사 일기와 함께하는 지금은 감사와 고마움을 표현하는 시간이 늘어나고 있습니다. 저만의 작은 성공입니다. 업무적으로 바쁜 시기에 만난 감사 일기 공저는 힘이 되었습니다. 앞으로도 감사의 마음을 평생 간직하며 많은 사람과 나눌 수 있기를 기대합니다.

.... **이유리**

'감사 일기'라는 주제로 글을 쓸 수 있어 감사합니다. 한 해 동안 감사하며 살면서 여러 가지 면에서 내가 변했습니다. 그중 제일 큰 변화는 어떤 이유로든 즐거움을 누리는 능력이 생겼다는 점입니다. 현재에 충실하고 감사하는 마음으로 미래를 준비해 가는 저의 삶의 여정에서 끊임없는 감사로 인해 인생이 더 풍요로워질 것을 확신합니다. 그렇기에 저의 감사 일기는 앞으로도 계속될 것입니다. 많은 분이 감사하는 삶으로 함께 행복해졌으면 좋겠습니다.

.... **홍예원**

삶의 일부분을 글로 표현한다는 것은 큰 용기가 필요했던 작업이었다. 지금 마치는 글을 쓰면서 또 다른 멋진 성장을 기대해본다. 특별한 경험이 글감이 되고, 글을 쓰는 작업은 아무나 할 수 없는 일이라는 고정관념을 갖고 있었던 나에게 너무도 소중한 시간이 되었다. 공저 집필을 하면서 문장 하나하나 정성을 쏟아 세상에 한발 들여놓은 이 순간이 행복하다. 9명이 함께 만든 이 책 한 권에 담긴 감사한 실천과 마음을 통해 삶의 지혜와 소중함을 느끼며 누군가에게도 따뜻한 세상이 보이길 바란다.

최서연

벌써 다섯 번째 공저 작업이다. 언젠가는 감사 일기를 주제로 책을 쓰고 싶었다. 그 꿈길에 공저 5기 작가님들과 함께해서 감사하다. 자기 계발을 하면서 가장 오랜 습관으로 자리 잡은 감사 일기를 책으로 쓸 수 있음에 감사하다. 나 혼자 썼던 감사 일기를 함께 쓰면서, 우리의 이야기를 세상에 전달할 수 있어 감사하다. 감사 일기 공저가 감사의 끝이 아닌 시작이길 바란다. 나의 감사가 우리에 이어, 세상을 이롭게 하면 좋겠다.

안경희

먼저 감사 일기 공저에 함께 참여할 수 있어서 감사합니다.

글을 쓰는 시간을 통해 지나온 순간의 삶을 돌아볼 수 있었고 정리할 수 있는 시간을 가져서 좋았답니다. 감사 일기를 통해 힘든 시간을 잘 견뎠습니다. 삶의 의미를 깨닫고 하루를 잘 계획하고 살아갈 힘도 얻었습니다. 꿈꾸는 시간, 기록하고 남기는 것, 변화와 성장을 할 수 있는 시간에 감사합니다. 감사를 통해 일상의 변화를 함께 꿈꾸실래요?

하루감사일기

오늘	날짜	기상시간	감사일기회차

시작
- 오늘의 기분 :
- 꿈 리스트 하나 적기 :

아침
- 내가 감사하게 여기는 것
  1.
  2.
  3.
- 오늘 가장 중요한 일 :
- 오늘의 다짐 한마디 :

저녁
- 오늘 내가 가장 잘한 일 :
- 오늘 감사한 사람은?
  - 이름:
  - 이유:

- 오늘 읽은 책 중 가장 인상 깊은 구절 하나

하루감사일기

오늘	날짜	기상시간	감사일기회차

시작

┌ 오늘의 기분 : ....

└ 꿈 리스트 하나 적기 : ....

아침

┌ 내가 감사하게 여기는 것

│   1. ....

│   2. ....

│   3. ....

├ 오늘 가장 중요한 일 : ....

└ 오늘의 다짐 한마디 : ....

저녁

┌ 오늘 내가 가장 잘한 일 : ....

├ 오늘 감사한 사람은?

│ 이름: ....

│ 이유: ....

│   ....

└ 오늘 읽은 책 중 가장 인상 깊은 구절 하나

....

....

....

감사일기 양식

하루감사일기

오늘	날짜	기상시간	감사일기회차

시작

┌ 오늘의 기분 : ⋯⋯⋯⋯⋯⋯⋯⋯⋯⋯⋯⋯⋯⋯⋯⋯⋯⋯⋯⋯⋯⋯⋯
└ 꿈 리스트 하나 적기 : ⋯⋯⋯⋯⋯⋯⋯⋯⋯⋯⋯⋯⋯⋯⋯⋯⋯

아침

┌ 내가 감사하게 여기는 것

    1. ⋯⋯⋯⋯⋯⋯⋯⋯⋯⋯⋯⋯⋯⋯⋯⋯⋯⋯⋯⋯⋯

    2. ⋯⋯⋯⋯⋯⋯⋯⋯⋯⋯⋯⋯⋯⋯⋯⋯⋯⋯⋯⋯⋯

    3. ⋯⋯⋯⋯⋯⋯⋯⋯⋯⋯⋯⋯⋯⋯⋯⋯⋯⋯⋯⋯⋯

├ 오늘 가장 중요한 일 : ⋯⋯⋯⋯⋯⋯⋯⋯⋯⋯⋯⋯⋯⋯⋯⋯⋯

└ 오늘의 다짐 한마디 : ⋯⋯⋯⋯⋯⋯⋯⋯⋯⋯⋯⋯⋯⋯⋯⋯⋯

저녁

┌ 오늘 내가 가장 잘한 일 : ⋯⋯⋯⋯⋯⋯⋯⋯⋯⋯⋯⋯⋯⋯⋯

├ 오늘 감사한 사람은?

    이름: ⋯⋯⋯⋯⋯⋯⋯⋯⋯⋯⋯⋯⋯⋯⋯⋯⋯⋯⋯⋯

    이유: ⋯⋯⋯⋯⋯⋯⋯⋯⋯⋯⋯⋯⋯⋯⋯⋯⋯⋯⋯⋯

    ⋯⋯⋯⋯⋯⋯⋯⋯⋯⋯⋯⋯⋯⋯⋯⋯⋯⋯⋯⋯⋯⋯

└ 오늘 읽은 책 중 가장 인상 깊은 구절 하나

⋯⋯⋯⋯⋯⋯⋯⋯⋯⋯⋯⋯⋯⋯⋯⋯⋯⋯⋯⋯⋯⋯⋯⋯⋯⋯⋯⋯

⋯⋯⋯⋯⋯⋯⋯⋯⋯⋯⋯⋯⋯⋯⋯⋯⋯⋯⋯⋯⋯⋯⋯⋯⋯⋯⋯⋯

⋯⋯⋯⋯⋯⋯⋯⋯⋯⋯⋯⋯⋯⋯⋯⋯⋯⋯⋯⋯⋯⋯⋯⋯⋯⋯⋯⋯

하루감사일기

오늘	날짜	기상시간	감사일기회차

시작

 ┌ 오늘의 기분 : ....
 └ 꿈 리스트 하나 적기 : ....

아침

 ┌ 내가 감사하게 여기는 것
 │   1. ....
 │   2. ....
 │   3. ....
 ├ 오늘 가장 중요한 일 : ....
 └ 오늘의 다짐 한마디 : ....

저녁

 ┌ 오늘 내가 가장 잘한 일 : ....
 ├ 오늘 감사한 사람은?
 │   이름: ....
 │   이유: ....
 │   ....
 └ 오늘 읽은 책 중 가장 인상 깊은 구절 하나

    ....
    ....
    ....

감사일기 양식